成长我最棒

我有勇气高飞

彭桂兰 主编

化学工业出版社
·北京·

成长我最棒 CHENG ZHANG WO ZUI BANG

前言 PREFACE

再小的花朵,也有与众不同的芬芳;
再弱的火光,也能带来光明和希望;
再平凡的人儿,身上也藏着无数宝藏,
再短小的故事,也可以开启你的心房!

我们是春天的水稻,
等待着丰收和成长;
我们是破浪的轻舟,
向未来的海洋启航!

有雨露,有阳光,
水稻才拥有金灿灿的希望。
有水手,有航灯,
轻舟才能拥抱蓝莹莹的海洋。

我们渴望雨露和阳光,
我们追寻水手与方向。

我有勇气高飞
WO YOU YONG QI GAO FEI

我们期盼一双双有力的大手,
拉我们跨过高山,越过海洋。

其实,
雨露就在足下,阳光就在头顶,
水手就在身旁,航灯就在前方。

这里的每一个小故事,
就是雨露,就是阳光,
让成长的大地鲜花怒放。

这里的每一个大智慧,
就是水手,就是航灯,
让冰封的海洋解冻欢唱。

阅读它们,就是阅读诗意,阅读博大和渺小。
走近它们,就是走近成长,走近光荣和梦想!

成长我最棒 CHENG ZHANG WO ZUI BANG

目 录 CONTENTS

成长小故事

小松鼠请医生	8
地震的记忆	11
拿破仑阅兵	14
曹刿论战	17
张小舍抓小偷	20
被淘汰之后	23
蝎子过海	26
我的军衔还高一点	29
第11次敲门	32
打好自己手中的牌	35
每人活50年	38
奥伦索的梦想	41
赤手空拳搏老虎	44
试穿的魅力	47
这都会过去	50
2500个"请"字	53
伤痕累累的船	56
连接欧美的电缆	59
原一平的微笑	62
聪明的彦一	65
最后一点水	68
迷路的小女孩	71
真是一次冒险	74
美丽的"恐怖角"	77
"飞"过沙漠的小河	80
叶子的心	83
有一个人可以帮你	86
向着那片灯光	89

我有勇气高飞

92	最好的形象
95	海边的水手
98	逃出一片火海
101	生命的斗士
104	克里斯蒂的耳环
107	水牛与木桩
110	种子的对话
113	不要被风雪吓倒
116	巧媳妇搬石头
119	废墟中的微笑
122	征服"困难山"
125	小猪乖乖爱摇头
128	盲人调琴师
131	过　桥
134	火车下的小橡树
137	完美的宝刀
140	忘记台词的演员
143	清贫的园艺师
146	王子复仇记
149	扑向手榴弹
152	走过独木桥
155	一朵小花蕾
158	不要再打他
161	理想的高度
164	用微笑埋葬痛苦
167	汤姆的错觉
170	甜瓜在哪儿

智慧小花园

小松鼠请医生

胆量是勇敢者的通行证，
它能让你无所畏惧，
铲除前方路上的所有"拦路虎"。

小松鼠和爸爸妈妈住在大树上。它从小娇生惯养，胆子非常小，从不敢自己出门，平时爸爸妈妈让它做什么事，它都会说："不，我害怕！"

这一天爸爸妈妈出门去找食物了，小松鼠不敢出去玩，就独自待在家里。突然，小松鼠听到了大树爷爷痛苦的呻吟声。

小松鼠探出头来，问："大树爷爷，您怎么了？"

大树爷爷皱着眉头说："虫子钻进我的身体里，它们咬得我很痛！好孩子，你能帮我去请啄木鸟医生来吗？"

啄木鸟医生住在山那边，想到要走那么远的路，一路黑森森的，小松鼠可害怕了！但是看到大树爷爷痛苦不堪的样子，它硬着头皮上路了。

经过草地的时候，顽皮的小狗看到了小松鼠，朝它又是龇牙，又是狂吠。

小松鼠吓得心脏怦怦直跳，真想掉转头往回走，可一想到大树爷爷痛苦的样子，它还是不断给自己鼓劲"我不怕，我不怕"，脚步还是不停。

小狗看到小松鼠并不怕自己，吐吐舌头，跑到一边玩去了。

经过小河的时候，淘气的小鹅看到了小松鼠，就朝它又是泼水，又是"嘎嘎嘎"地大叫。小松鼠真想扭头就走，但一想到大树爷爷痛苦的样子，就急中生智，学小狗的样子，朝小鹅龇了一下牙。

小鹅没想到"胆小鬼"还会来这一招，吓了一跳，"扑腾扑腾"飞远了。

就这样,小松鼠一路走,一路安慰自己说"我不怕,我不怕",终于来到了啄木鸟医生的家。

"啄木鸟医生,虫子咬大树爷爷了,您快去看看吧!"小松鼠一进门就急忙大喊道。

啄木鸟医生听了,立刻拎起药箱就往小松鼠的家里飞。等小松鼠回到家,大树爷爷已经被啄木鸟医生治好了。看到小松鼠,大树爷爷高兴地说:"小松鼠,太谢谢你了!"

爸爸妈妈回到家,听了这件事后,都夸小松鼠是勇敢的好孩子!小松鼠开心地说:"原来一个人出门也没那么可怕嘛!"

没想到小松鼠这么胆小,平时居然连门也不敢出。不过为了帮助大树爷爷,它壮着胆子走出家门,并不断激励自己,终于请来了啄木鸟医生,还意外地克服了心中的恐惧。

想一想,其实挫折就像一道门,如果不用力把它推开,那我们将永远被关在恐惧的城堡。也许门很厚重,我们不能一次就推开,甚至推了千百次,也只推开一条门缝,这时候,在继续坚持的同时,千万别忘了自我激励!

激励自己,不仅可以让你勇敢地去战胜困难,还可以让你更有信心迎接下一轮挑战。

地震的记忆

遗忘不仅是一种幸福，
有时，
它也是一种能力，
一种积极的策略。

在一次地震中，温迪不幸被倒下来的房梁压住了。好在房梁不太重，温迪侥幸保住了性命。不过由于压的时间太长，他的双腿无法行走了。在经过长达20年的治疗后，他终于重新站了起来。

为了庆祝自己的新生，这一年，温迪来到一个风景秀丽的地方旅游，并住在附近的一家酒店里。

当天晚上，人们都在熟睡，猛然间，大地开始震动。又一场地震发生了！

值得庆幸的是，酒店经过科学设计，能承受地震的晃动。几秒钟后，剧烈的摇晃停下了，好像什么也没发生过，一切都安然无恙，除了桌上掉下了几样小东西。

温迪长吁一口气,拍拍胸脯,准备继续睡觉。可是,他突然发现双腿竟然僵硬了。很快,他被送往医院。

经过一系列检查,医生没有发现任何病因,只好无奈地说:"真是太奇怪了,你没有受伤,却走不了路,没有任何药物能治得了这种怪病,我看只能顺其自然,期待奇迹出现了。"

女儿把温迪接回了家,开始慢慢疗养。但过了好几年,温迪的双腿还是原样。想到又要经过漫长的20年才有可能好转,温迪十分沮丧。

一天,温迪正在床上午睡。忽然,"轰"的一声巨响,将他从睡梦中惊醒过来。

"地震,又是地震!"温迪来不及思考,急忙爬起来,钻进了桌子底下,以防被房梁砸伤。

就在这时,巨响消失了,女儿夺门而入。温迪惊魂未定,从桌子底下爬出来,声音颤抖地问:"这是几级地震呀?"

"这不是地震,是邻居家煤气泄漏,发生的一次小爆炸而已。"女儿柔声安抚道。很快,她意识到了什么,惊喜地喊道:"爸爸,你能走路了!"

温迪看看床铺,又看看双腿。没想到在危急时刻,他居然再次站了起来!

勇气加油站

一次地震，给温迪带来了身体伤害，也带来了心理伤害。因为恐惧，温迪被地震吓得不能行走，又因为一声巨响，他被吓得又能走路了。你是不是觉得这个故事挺悬乎呢？确实，这样的事情在生活中不常见，但温迪的心路历程许多人却经历过。

人在经历过失败，或受到创伤后，心里总会产生阴影和恐惧。比如有个人坐车出了一次车祸，伤好后，他可能再也不敢坐车，去哪里都步行。这就是"一朝被蛇咬，十年怕井绳"。

在人生的旅途中，我们总会有跌倒的时候，要是将每一次跌倒都记在心里，我们又怎会有勇气继续前行？

让我们学会忘记吧，忘记失败的考试，忘记难缠的题目，忘记痛苦的记忆，给心灵腾出一些空间，这样心灵才能自由呼吸，永远保持积极健康。

拿破仑阅兵

> 凭借战术和勇气,
> 才能完美取胜。
> 真正的赢家总是预先掌控全局、大胆布局。

1800年春,奥地利派出十万大军攻入邻国——法国,抢占了拿破仑在两年前征服的意大利领土,瞬间对法国构成了一个巨大的威胁。

为了迎战奥军,拿破仑秘密组建了一支强大的预备军团。同时,拿破仑高调地宣称他将亲自去巴黎检阅自己的预备军团。这个消息吸引了各国间谍的眼球,他们都希望通过阅兵式搜集到法军作战能力的情报。

检阅开始后,间谍们惊讶地发现拿破仑大肆吹嘘的预备军团,其实是一些新兵和老弱残兵,毫无战斗力可言。

间谍们现场观察到的情报,很快在欧洲各国流传开来。拿破仑的预备军团成为了上流社会茶余饭后的笑话。

随后,嘲笑拿破仑的传单和漫画也铺天盖地地出现在欧洲各地。其中一幅名为"拿破仑的预备军团"的画画了"十二个童子军和一个装着木脚的人"来笑话拿破仑。由此可见,这一场检阅给人们留下的印象是:预备军团并不存在,纯属瞎编。拿破仑阅兵的真正目的是想吓唬别国军队,让他们不敢进攻法国。

不出所料,奥军也中计了。奥军将领梅拉斯认为,拿破仑用来威胁奥军的预备军团不过是一群乌合之众。他决定将计就计,加紧围攻当时由法国控制的热那亚城,并随时准备进攻法国本土。

此时,拿破仑却率领那支经过秘密操练,战斗力旺盛的预备军团绕道瑞士,越过阿尔卑斯山的山口,出其不意地出现在奥军的后方。十万奥军全军覆没。

原来，这一切都是拿破仑精心策划的。拿破仑清醒地认识到，组建一支大部队而不被敌方知道是很难的。他干脆示虚隐实，大肆宣传虚假部队，将真正的武装力量隐藏了起来。公开检阅的预备军团是临时拼凑的。嘲笑预备军团的那些传单和漫画，也是法国间谍机关精心制作的。真正的预备军团当时正秘密地筹建和训练呢！

　　拿破仑的这场阅兵可谓是虚实结合的完美作战方案。首先，他在秘密备战的同时，又以残兵弱将的假部队蒙混对方，使他们放松了警惕，这样就为预备军团的训练争取到了有利时机。

　　而奥军的大意轻敌，又正中拿破仑的下怀。他等着对方倾巢而出、后方无防备时，猛然袭击，使他们大乱阵脚。

　　事实证明，真正的赢家正是预先掌控全局、大胆布局的拿破仑。

曹刿论战

两军对垒勇者胜。
这个"勇"指的就是士气。
对军人来说，
胆量是最可贵的品质。

有一年，齐国的军队要攻打鲁国，鲁庄公准备出兵迎战。曹刿（guì）听到这个消息后，请求拜见庄公。

曹刿问庄公："您靠什么让将士们跟齐国军队拼命作战呢？"

庄公说："我待人不错。衣服、食物这样的东西，我从不独自享用，一定会分给他们。"曹刿摇了摇头："这种小恩小惠不可能普及全国，人民是不会跟随您的。"

庄公又说："祭祀时用的牛羊、玉器和丝织品等，我不敢虚报数目，总是按实数有多少就说多少。"

曹刿回答说："对鬼神不说谎，这种小信用，还不能得到鬼神的信任，鬼神不会因此保佑您打胜仗。"

庄公接着说:"大大小小的案件,我虽不能一一明察,但一定按情理来审理。"

曹刿笑着说道:"这是尽自己的职责,为老百姓办好事啊!您可以凭着这一点和敌人打一仗了。作战的时候,请允许我跟着一块儿去吧!"

鲁庄公与曹刿同坐一辆战车。在长勺这个地方,鲁军和齐军交战了。庄公正要下令击鼓进攻齐军。曹刿连忙摆手阻止:"现在还不到时候。"

等齐军击过了三次鼓之后,曹刿才说:"可以击鼓进攻了。"

齐国军队大败后,庄公准备驱车追击,曹刿却又阻止他:"请等一下。"只见他下了车,俯下身来仔细地观察齐军车轮碾过的印迹,又登上战车认真地眺望敌情。然后他说:"现在可以追击了。"

鲁国军队乘胜追击了齐国军队。

打了胜仗之后,庄公问曹刿取胜的原因。曹刿答道:"第一次击鼓的时候,将士们士气高涨;第二次击鼓的时候,他们的士气衰减了;到第三次击鼓时,他们的士气耗尽了。敌人击鼓进攻了三次,士气已经耗尽,而我军才第一次击鼓,士气正高涨,因此才能战胜了他们。齐国这样的大国,是难以捉摸的，我害怕他们埋下伏兵，假装逃跑，因此没让您下令追击。但后来发现齐军战车轮迹混乱，又远远看见他们的战旗也倒了，知道他们真的败了，这才请您下令追击他们。"

勇气加油站

　　对军人来说，勇敢是最可贵的品质。它好比是一块钢铁，使武器更加锋利。同样，对我们来说，勇气也可以鼓舞斗志。比如，当眼前堆积着比山还高的作业时，偷懒的想法也许会不知不觉地冒出来。这个时候，你可以大喊一声："好吧，让我来消灭你们吧！"你一定会发现自己的力量倍增。

　　将要上台演讲了，你的心里有些害怕，也有一些紧张。这时你可以深吸一口气，唱一首加油歌，然后鼓足勇气对自己说："我是最棒的！加油，加油！"相信接下来，你的表现一定会相当出色的。

张小舍抓小偷

想象力是一种伟大的禀赋，而善于推理是智者最基本的素养。

江南的一个县城里，有个名叫张小舍的捕快，因善于抓小偷而闻名。

有一天，张小舍带着几个年轻的捕快上街巡逻。一名衣着华丽的男子在前面走着。

突然，张小舍看到了一幕奇怪的情景：一辆拖着茅草的板车从男子身边经过时，这男子顺手就抽了几根茅草出来，然后若无其事地上厕所去了。

张小舍觉得男子有问题,便一声不响地在厕所门口守着。等男子一出来,张小舍就在他身后猛地大喝一声,并将他反手扣住。男子两腿一软就跪下了,吓得直求饶。经张小舍一查问,这名男子果真是个小偷。

张小舍将小偷教育了一番,嘱咐他不要再做偷鸡摸狗的事,就放他走了。

他和捕快们又来到一座古庙前。庙檐下有三五个汉子横七竖八地躺着,正在呼呼大睡呢。这时正值夏天,这伙人身边放着一个切开的西瓜,但那个西瓜一口也没有动过。

张小舍立刻把他们叫醒了。经查问,这几个人竟然也是小偷。他们正在这里歇脚,不想竟碰到了捕快。

年轻的捕快都用惊讶、赞叹的眼神注视着张小舍,问道:"张捕快,你是怎么知道之前那个人和这一伙人都是小偷的呢?"

张小舍说:"只有家境贫寒的人上厕所才

会用茅草解手。那人穿戴讲究，也用茅草，这充分说明他的衣服是偷来的。庙里的这伙人白天聚在一起睡觉，是因为晚上太劳累的缘故。他们切开西瓜却不吃，是因为西瓜是用来避苍蝇的，这样就可以安安稳稳地睡大觉了，这是小偷惯用的方法，只要了解了他们的特点，抓捕行动就易如反掌了。"

年轻的捕快们听完后都佩服不已，都暗下决心要向张小舍好好学习。

勇气加油站

你想成为一名大侦探吗？像福尔摩斯那样头脑冷静，观察力敏锐，推理能力一流；像柯南那样能洞察坏人的阴谋，揭开一个又一个的谜题？

如果答案是肯定的，那么从现在起，你就要学习如何大胆地假设了。

一个动物学家，可以根据一块骨头，大胆地描绘出动物的整体；一个推理家，知道事情的一个方面后，就能够对事情的各个方面大胆地作出推断。

"大胆假设，小心求证。"这句话就是告诉你：大胆地去猜想，去尝试，就能找到打开未知世界的金钥匙！

被淘汰之后

> 每个困难，都有解决的办法：
> 或者跨越，或者钻过；
> 或者绕开，或者突破。

　　小杨是一个自信、乐观的人，在他看来，世界上没有做不成的事。可在一次招聘中，几场面试下来，小杨由于缺乏相关的专业知识，面试官认为他无法胜任这个工作。

　　在得知自己遭到了淘汰后，小杨的脸上露出了一丝失望和无奈，可是，他没有急着离开，而是起身走到了面试官的面前，轻声问道："请问您能给我一张名片吗？"

　　面试官冷冷地看了他一眼，选择了沉默，沉默在很多时候意味着拒绝。

　　"我知道我暂时还不能进入贵公司，成为公司的一员，但这并不影响我们成为好朋友啊。"小杨微笑着说。

"哦,你这么想?"面试官开始对小杨有一点感兴趣了。

"当然!任何朋友都是从陌生人开始的,不是吗?我可不想放弃结交一个好朋友的机会。如果有一天你找不到打网球的搭档了,找我好吗?"

这次面试官爽快地拿出了自己的名片。

后来,他们果真成了一对网球搭档。而小杨通过自学专业知识,也被那家公司录取了。

面试官笑着说:"我的朋友,你不觉得当时你很过分吗?我是说当时我完全没有必要搭理你啊,如果我真的那么做了,你会怎么办?"

就像当初一样,小杨依旧自信地回答道:"很多人害怕的不是失败本身,而是失败之后的尴尬。所以,他们不敢去做一些本来可以做成的事,因为怕丢脸。丢脸真的那么可怕吗?我不这么认为。真正丢

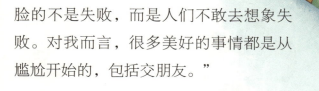

脸的不是失败,而是人们不敢去想象失败。对我而言,很多美好的事情都是从尴尬开始的,包括交朋友。"

  你害怕失败吗?你害怕尴尬吗?你害怕丢脸吗?问问自己这三个问题吧,看看你的答案是什么。失败、尴尬、丢脸是人们心目中的魔鬼,我们越是想把它们抛在脑后,它们就越与我们纠缠不休。

  尴尬、丢脸、失败并不可怕,可怕的是我们被失败与尴尬浇灭了心中的热情。将丢脸和尴尬放在一边,勇敢地大步往前走,也许在下一秒钟,你就能体验到惊喜!

蝎子过海

勇敢是把有了过错的自己打倒在地,
然后再站起来。
不敢正视自己错误的人,
永远都是懦夫!

蝎子在一个地方生活了很久,开始感到腻烦。听说海中的小岛非常好玩,他很想去岛上看一看。

可是,他不会游泳。这可怎么办才好呢?正在他抓耳挠腮时,一只乌龟从这儿经过。蝎子赶紧叫住乌龟。

"找我有什么事吗?"乌龟慢吞吞地问。

"背我去海那边的小岛,可以吗?"

"我很想帮你,可是——"乌龟露出了犹豫的神色,"我不能帮助你。"

"为什么呀?"蝎子不解地问。

"谁都知道蝎子是会咬人的。我背你过海没问题,可万一你半途咬我一口,那我不是找死嘛!"

"我怎么会咬你呢?你背我过海,我感激你还来不及,又怎么会咬你呢?放心吧,我是绝对不会咬你的!"蝎子认真地说。

乌龟听了,觉得蝎子很真诚就答应了。

"那好吧,我就帮你一回。上来吧。"

蝎子一跃而上,稳稳地趴在了乌龟的背上。乌龟背着蝎子开始过海。蝎子很开心,可是,他的目光一不小心扫到了乌龟的脖子,一股想要咬上一口的冲动开始折磨他。

他想:不行,一定要忍住。如果咬下这一口,乌龟就会没命,那我也活不成了。绝对要忍住啊!

不经意间,他们已经游过了一半的路程。远处,海岛的形状若隐若现。蝎子的心情也此起彼伏,说不出是个啥滋味。

再忍一忍就到了,蝎子对自己说。他尽量不去看乌龟的脖子。可是,越是刻意不去看就越想看,

终于,蝎子再也忍不住了,他一口咬在了乌龟的脖子上。

乌龟疼得哇哇大叫,扭过头来大声问道:"喂,你说话不算话!不是说好了不咬我吗,咬死我了,你还怎么去小岛上玩儿啊?"

蝎子羞愧不已:"对不起,这是我们蝎子的天性啊,我是真的没有办法不咬你。"

蝎子知道自己的天性,但是它却从来没有想过要改正,为了达到自己过海的目的,他还对乌龟撒谎,骗取了乌龟的信任。

这多像我们自己啊,明明发现了自己的问题,却总是选择回避,对自己的过错不思改正,反而找出种种理由和借口,或者不惜制造更大的过错来掩饰错误,这些都是胆怯的行为。不敢正视自己的错误的人,永远都是懦夫!

孔子说:"知耻近乎勇。"知错,认错,并且改进,只有大勇气的人才做得到。

如果你有一些坏毛病、坏习惯,你是放任不管,还是勇敢地去改掉呢?

人无完人,任何人生来都会自带一些劣根性,正视自己的这些缺点,不断地提升自身素质,相信你也会跟我一样,变得越来越好!

我的军衔还高一点

傲慢是无知的产物,
越是没有本领的人就越喜欢自命不凡。
真正的勇敢,都包含谦虚。
无论你是谁,拥有怎样的身份,
请不要忘了做个谦逊的人!

沙皇亚历山大为了解民间疾苦,特地微服出访,来到了俄国西部。

这一天,沙皇在一个三岔路口迷路了,他看见一个军人站在一家店铺门口,便走过去问路:"朋友,可以告诉我去旅馆的路吗?"

那军人叼着个大烟斗,他斜着眼将衣着普通的打量了一番,傲慢地说道:"朝右走!"

"谢谢!"沙皇又问道,"请问这里离旅馆还有多远?"

"一俄里。"军人不耐烦地说,并瞟了沙皇一眼。

沙皇说了声谢谢,可刚走了几步又折了回来。他微笑着问军人:"请原谅我的失礼,我可以问一下你的军衔是什么吗?"

这个问题让军人很是激动,他猛吸了一口烟,得意地说:"猜嘛!"

"中尉?"沙皇猜道。

军人的嘴巴动了一下,表示不屑。

"上尉?"

"还要高些。"军人歪着头,一副很了不起的样子。

"这么说你是少校?"

"是的。"这位少校兴奋地跺了一下脚。

于是,沙皇敬佩地行了一个军礼。

少校摆出一副上级对下级说话的神态问:"那么,你又是什么职位呢?"

沙皇风趣地说:"你猜。"

"中尉?"

沙皇摇摇头:"再猜。"

"上尉?"

"不对。"

少校仔细地看了看说:"难道你

和我一样也是少校不成?"

"继续猜。"

少校取下了烟斗,开始认真起来。他半弓着身子毕恭毕敬地问:"您是部长或将军?"

"快猜到了。"

"殿……殿下是陆军元帅吗?"少校有点语无伦次了。

沙皇说:"我的少校,再猜一次嘛!"

"皇帝陛下!"烟斗从少校的手中滑落,掉在了地上。少校扑通一声跪在了沙皇面前:"陛下,请您饶恕我的无礼吧!"

"饶恕你什么?"沙皇笑着说,"我向你问路,你不是告诉我了吗?我应该谢谢你才是!"

每个人在小时候都拥有善良纯真的本性,可是随着年龄的增长,有的人就逐渐失去了自己最珍贵的财富——诚实、正直、善良等本性,而学会了傲慢、虚荣、势利等,并且引以为荣。

孔雀有光彩夺目的羽毛,夜莺有震撼人心的歌喉,喜鹊在春天带给人们喜讯,燕子是修房搭窝的好手,可是它们却从不为此骄傲,依然快乐地、脚踏实地地度过每一天。

"真正的勇敢,都包含谦虚。"无论你是谁,拥有怎样的身份,请不要忘了做个谦逊的人!

第11次敲门

> 勇敢的人都有一颗火热的心，
> 它能将冰雪覆盖的严冬，
> 变成百花齐放的暖春。

德里投了无数封简历后，终于接到一个大公司的面试通知。

面试那天，他满怀激动地走进公司的人力资源部。办公室的门微微敞开着，德里可以看见坐在沙发上、背对着门口的面试官。

德里做了一个深呼吸，定了定神后，伸出手礼貌地敲了敲门。

里面的面试官动也没动，只是问："是德里先生吗？"

"是的，先生。"德里正想推门而入，却听到面试官冷冷的声音，"请你再敲一次门好吗？"

虽然有些疑惑，但是德里还是按照他的话，再次敲了敲门。谁知面试官依然一动不动，只是更为冷淡地对他说："德里先生，这次还没有第一次好，请你再敲一次。"

德里有些惶恐了：难道敲门也有什么诀窍吗？我到底哪里没做好？但是，他还是鼓起勇气第三次敲门："先生，现在我可以进来了吗？"

"不，请你再敲一次。"面试官仿佛一尊雕塑般静静地坐着，用毫无感情的声音对他说。

德里的额头已经开始冒汗了，心想：难道这家公司根本就没有意愿雇佣我，想借此打发我走吗？但是他转念又想：不行，我不能走，我好不容易才得到这次面试的机会，我一定要坚持到底。

于是，德里又敲了敲门，这次得到的依然是那句话："请再敲一次。"

就这样，德里一共敲了10次门。在他敲完第11次门后，坐在沙发上的面试官终于转过身来，微笑着对他说："德里先生，欢迎你加入我们公司。"

原来，这家公司想要招聘的是一名市场调查员，而一名优秀的市场调查员，是不应该在拒绝和冷漠面前退缩的。德里很好地做到了这一点，所以，在刚才的11次敲门中，他已经成功地通过了该公司的面试。

别人第一次冷漠地拒绝你，你会就此退缩吗？如果不会，那么，他第二次又冷漠地拒绝你呢？第三次呢？……你能坚持多久？

拒绝和冷漠就如一块坚硬的寒冰，很多人在领受了它的寒冷之后，都会远远地避开，不敢再靠近。而只有勇敢的人，才会一次次去接近它，尽管冰冷刺骨，但是他们绝不退缩，而是用自己真诚和火热的心不停地温暖它，直至它被融化成柔和的水。

所以，请不要害怕拒绝、害怕冷漠，只要你一次次勇敢地去接近，再坚硬的寒冰，也有被融化的那一天，再冷漠的人，也有被感动的那一天。

打好自己手中的牌

> 困难像一只怪兽,
> 你越是逃避,它就越强大;
> 而当你勇敢地面对它时,它就夹着尾巴逃跑了。

艾森豪威尔是美国第34任总统,他年轻的时候,非常喜欢玩纸牌游戏,而且他总能抓到很好的牌。

一天吃过晚饭后,艾森豪威尔拿来一副纸牌,和家人一起坐下来玩。但是这次,他的运气很不好,每次抓到的牌都很差。

玩了一会儿后,艾森豪威尔看着自己一手的差牌,越打越心虚,终于忍不住发起脾气来:"不玩了,不玩了,这什么破牌啊!"说着就将牌往桌子上一摔,"我们重来。"

母亲拦住了他,正色道:"既然已经开始了,你就要打完。"

艾森豪威尔不满道:"凭什么?"

母亲认真地对他说:"如果人生也是一场牌局,那么发牌的就

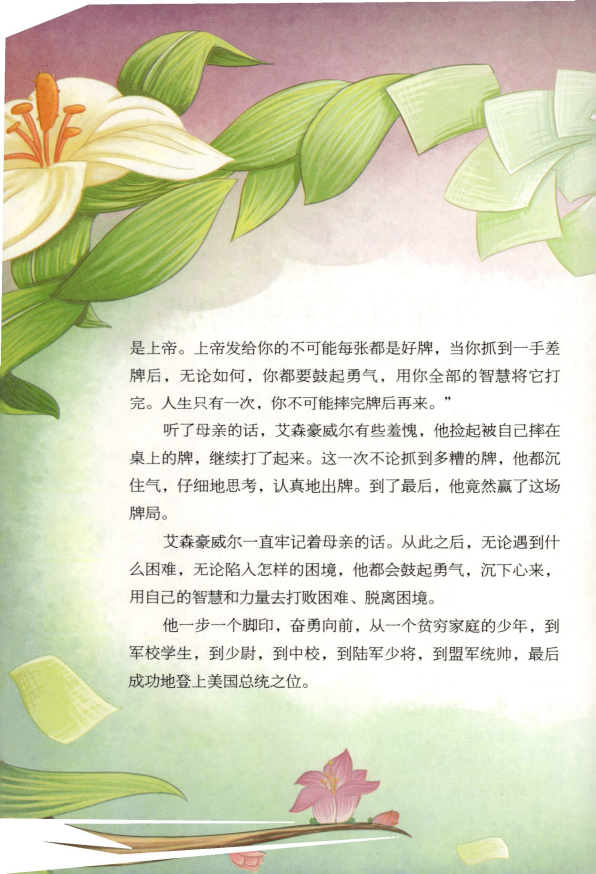

是上帝。上帝发给你的不可能每张都是好牌,当你抓到一手差牌后,无论如何,你都要鼓起勇气,用你全部的智慧将它打完。人生只有一次,你不可能摔完牌后再来。"

听了母亲的话,艾森豪威尔有些羞愧,他捡起被自己摔在桌上的牌,继续打了起来。这一次不论抓到多糟的牌,他都沉住气,仔细地思考,认真地出牌。到了最后,他竟然赢了这场牌局。

艾森豪威尔一直牢记着母亲的话。从此之后,无论遇到什么困难,无论陷入怎样的困境,他都会鼓起勇气,沉下心来,用自己的智慧和力量去打败困难、脱离困境。

他一步一个脚印,奋勇向前,从一个贫穷家庭的少年,到军校学生,到少尉,到中校,到陆军少将,到盟军统帅,最后成功地登上美国总统之位。

勇气加油站

你见过在暴风雨中展翅翱翔的雄鹰吗？在暴风雨将要来临前，其他鸟儿四处奔逃，寻找躲避风雨的港湾，只有雄鹰，会飞到悬崖峭壁上，迎着狂风抖开翅膀，并勇敢地冲向暴风雨。即使是一只落在鸡窝里的鹰，哪怕外面的风雨再大，也不会将鹰困在鸡窝里。

无论天空多么阴暗，无论风暴多么可怕，它绝不退缩。迎着呼啸的狂风，迎着猛烈的暴雨，它一次又一次，冲向雨云的顶端，勇敢地超越它。而在雨云的上面，又是一片艳阳天。

当我们遇到困难的时候，也要和雄鹰一样，不退缩、不屈服，勇敢地迎接困难，挑战它、超越它，直至寻找到属于自己的一片晴天！

每人活50年

在爱的召唤下，
人往往会产生一种神奇的力量，
这种力量能使我们忘记疼痛。

从小男孩懂事起，他的父母就去世了，他一直和妹妹相依为命。

然而，灾难又一次无情地降临在了他们头上。妹妹生病了，而且病得很严重。

虽然医院已经免去了手术费，可妹妹需要输大量的血，如果供血不足，她还是会死去。

经过化验，小男孩的血型与妹妹的相符。但医生在问小男孩有没有勇气输血时，小男孩却犹豫了。10岁的他像个小大人一样思索了一阵，然后点了点头。

小男孩静静地躺在床上，尽量让自己不发出一点声响，只是对着临床的妹妹微笑。

抽血结束后，小男孩的眼睛睁得大大的，声音颤抖着问："医生，我还能活多久啊？"

原来，小男孩以为，输完血后，自己就会死去。但他还是决定输血给妹妹，这说明他做好了死去的准备啊！

医生被感动了，他摸了摸小男孩的头，慈爱地说："放心吧，你不会死的！"

小男孩泪光闪闪："是真的吗？你没骗我吧！那我还能活多长时间？"

"你能活到100岁，因为你很健康！"医生笑着对他说。

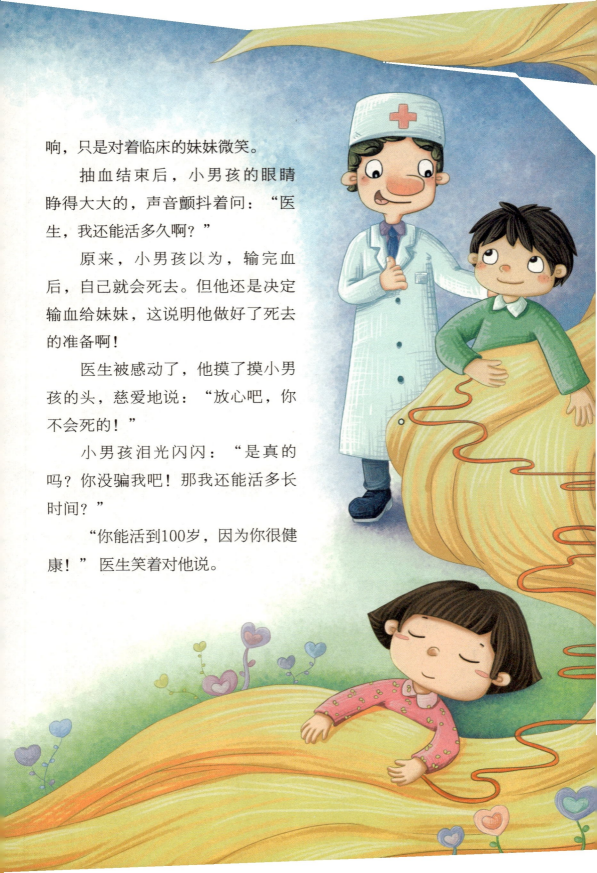

小男孩开心得跳了起来。接下来,他伸出刚刚抽过血的胳膊,高昂起头,掷地有声地对医生说:"那么,请把我的血再抽一半给我妹妹吧,我要我们俩每人活50年!"

勇气加油站

"每人活50年!"这是爱的承诺,是人类最美、最真的诺言。

在决定抽血的那一刻,小男孩已经对死亡不害怕了,他只是单纯地希望,如果抽血能救活妹妹的话,那么就这么做吧;如果生命是可以平分的,那么就这么做吧。在这一瞬间,我们仿佛看到了天使来到人间。

勇气是爱的呼吸与心跳,勇气是爱的证明。在直面生命的考验时,哥哥的心里只装着妹妹。

奥伦索的梦想

> 人类的心正是凭借着希望而得到宽慰,
> 一直跳动到生命的最后时刻。

奥伦索·吉普森在旧金山的贫民窟长大,由于小时候营养不良,他患上了软骨病,在他6岁那年,他的双腿变成了弓字形,小腿也严重萎缩。

但这一切都无法摧毁奥伦索的梦想。在他的心底,一直都深藏着一个比天堂还要遥远的梦——那就是成为叱咤美式橄榄球场的全能球员。

奥伦索的偶像是传奇人物吉姆·布朗。有一次,正好赶上吉姆所属的球队在旧金山比赛,奥伦索不顾双腿的残疾,一瘸一拐地来到球场,为他的偶像加油。

奥伦索没有钱买门票,只能站在场外聆听这场激动人心的赛事。等到全场比赛快结束时,他才从工作人员打开的大门溜了进去,欣赏到了最后几分钟的比赛。

13岁那年,奥伦索意外地获得了一个和偶像面对面交流的机会,这可是他日思夜想的场景啊!

他大步走到这位大明星的跟前,说:"布朗先生,我是你最忠实的球迷!"

"谢谢。"吉姆礼貌地说。

"布朗先生,你知道一件事吗?"

"小朋友,请问是什么事呢?"吉姆好奇地问道。

"我记得你所创下的每一项纪录。"奥伦索自豪地扬起了头。

吉姆笑了:"这可真是不简单啊!"

听到吉姆的赞美,奥伦索赶紧挺了挺胸

膛,高声说:"布朗先生,你看着吧,总有一天我会打破你创下的每一项纪录。"

这位美式橄榄球明星惊奇地睁大了双眼,心想他还真是一个有趣的孩子啊。

"有志气就好!告诉我,你叫什么名字?"

"我叫奥伦索·吉普森,先生。"

经过多年的不懈努力,奥伦索·吉普森真的实现了他年少时的梦想。他在美式橄榄球场上打破了吉姆·布朗所创下的所有纪录,同时也创下了属于奥伦索·吉普森自己的崭新的纪录。

梦想,不要只是说说而已!对于奥伦索来说,成为美式橄榄球场的全能球员是他的梦想,这并没有因为自己身体的不完美而变得遥不可及。奥伦索是敢于梦想的,他的目光始终盯着前方。因为他知道,只要去努力,只要能坚持,就能为成功埋下伏笔。

勇敢地去追逐自己的梦想吧!失败并不可怕,可怕的是没有真正地付出过。成功要靠自己,总有一天我们会找到实现梦想的途径。

奋斗吧!正如歌词中所说的那样:"在希望中快乐,在苦难中坚韧。总有一天我们会成功!"

赤手空拳搏老虎

匹夫之勇的最大特点就是凭一己之力，逞一人之强。匹夫之勇和真正的勇敢是有很大的差别。

可悉陵身材高大，身体健壮有力，是打猎的好手。皇帝经常带着他一起去山林中打猎。这回才过两三个时辰，他们就捕获了大量的野兔、鹿和山鸡。在返回的路上，大家有说有笑，兴奋地谈论着打猎时的惊险场面。

忽然，路边的树丛里发出了一阵"沙沙"声，好像有一只猛兽在快速地行走。正在大家迟疑的时候，一头白额猛虎倏地蹿出来，怒吼声震天动地。

大伙儿惊出了一身冷汗，一个个都吓得立在原地不动。

就在这时，只听见一声"保护皇上，看我的！"可悉陵什么武器也没拿，就冲了上去，和老虎打斗了起来。

老虎的尾巴像一条舞动的钢鞭,"哗啦"一声,眼看就要击中可悉陵了,可他一跳,灵巧地躲开了。

大家这才回过神儿来,准备弯弓搭箭帮可悉陵一把,可悉陵却喊道:"大家都别插手,看我一个人将它打趴下!"大伙儿只好站在一旁,静观这场惊心动魄的人虎大战。

这时,可悉陵开始发起进攻了,只见他瞅准时机,一下子跳到了老虎的背上,死死地按住了虎头,然后抡起铁拳拼命朝老虎的天灵盖砸去。

不知打了多久,也不知打了多少拳,老虎渐渐地没了声响。大伙儿这才发觉,老虎已经七窍流血死了。

可悉陵将自己亲手打死的白额老虎献给了皇帝,原以为会得到称赞,却没想到皇帝对他说了这样一番话:"你的胆量的确高人一筹,但胆量应该用来造福社稷,而不是浪费在这种不必要的

搏斗上。万一出了什么事,不是太可惜了吗?"

可悉陵点了点头,觉得皇帝的话很有道理。从那以后,他开始研习兵书。后来,他成为了一位有勇有谋的大英雄。

可悉陵勇敢吗?当然勇敢,一个人赤手空拳与老虎搏斗,将凶猛的白额猛虎打得七窍流血而死。可是,可悉陵的勇敢却不值得人敬佩。

皇帝说得对,胆量与谋略应该用于造福国家,而不是浪费在不必要的搏斗上来逞英雄。在猛虎来袭时,他们有机会逃走,也可以合力打,可是可悉陵偏要与老虎单打独斗。因此,可悉陵的行为表面上看勇猛无比,实则是逞匹夫之勇罢了。这不得不让人深思啊!

勇敢在很多时候都是优点,可如果你的勇敢只是用来出风头,冒不必要的风险,你就要给自己敲响警钟了:你的勇敢也许会给你带来灾难!

试穿的魅力

推动社会进步的人，
正是那些有勇气在生活中尝试和解决人生新问题的人！

埃克森最近在为工作上的事烦恼不已。

一个月前，他所在的公司生产了一批名叫"安静的小狗"的休闲鞋。这些鞋目前还只是样品，公司上层想调查一下它们是否具备市场潜力，就向全体员工征集销售方案。而几百份方案摆在了营销部经理埃克森的办公桌上，却没有一份令他满意的。

"我该怎么办呢？"埃克森将自己的烦恼透露给了自己的好朋友伍德。

看到埃克森愁眉苦脸的样子，伍德说："让我看看'安静的小狗'是什么样的吧，先试穿一下不就知道了。"

埃克森从柜子里挑了一双样品递给好友，看着他穿上休闲鞋在屋里走了一圈。

"还真不错,挺舒服的,我都有点舍不得脱了。"好友一边乐呵呵地说着,一边低头看着脚上的鞋子,"多少钱一双?能不能先卖一双给我?"

好友一连问了好几声,都不见埃克森回答。

原来,埃克森正埋头在计算机上快速地敲着什么。很快,一份新颖独特的销售方案就出炉了。

埃克森在好友试穿鞋子的启发下,产生了一个"试穿的魅力"的灵感。

他将200双休闲鞋无偿地送给200位顾客试穿一个月。一个月后,再派人登门收回。如果试穿后想购买的话,每双鞋只需付5美元就可以了。

没想到的是，绝大多数试穿者都愿意购买这些样品鞋。这么一来，不正好证明了这一批"安静的小狗"会有非常乐观的市场潜力吗？

接下来，公司进行了大规模地生产，并以每双8美元的价格出售了几万双这种鞋子。

埃克森的脸上终于露出了欣喜的笑容。

勇气加油站

　　假如你得到了一把可以打开神秘花园的钥匙，你会去尝试一下吗？假如有一种颜料，能把树叶变成蓝色，把小狗变成黄色，你会去试一试吗？

　　如果你的回答是肯定的，那么恭喜你，你拥有了敢于尝试的精神！

　　成功需要大胆地尝试。只有勇于尝试和挑战新事物，你才会获得更多的可能性，也才能发现更多的不可思议，收获不一样的成功，体验不一样的奇迹。

这都会过去

失败了也要昂首挺胸，
胜利了更要勇往直前。

足球是巴西的国球。对巴西人来说，足球是比生命更重要的东西，而踢球是他们愿意为之付出一生的特殊事业。

1954年的男子世界杯足球赛，巴西人一致认为，他们的足球队一定能夺得本届球赛的冠军。然而，老天却和他们开了一个天大的玩笑——在半决赛时，巴西队竟意外地输给了法国队！

就这样，他们与冠军奖杯失之交臂。

巴西球员们沮丧极了，一个个低垂着头坐上了回国的飞机。他们觉得没有脸面来面对热情的球迷，飞机在进入巴西领空后，他们更加不安了。也许迎接他们的是球迷们的辱骂、嘲笑和汽水瓶子。

然而，当飞机降落在机场的时候，他们惊讶地看到：巴西总统亲自率领两万多名球迷默默地站在机场两旁，等待着他们回来。

人群中，有两条横幅格外引人注目："失败了也要昂首挺胸！""这都会过去！"球员们顿时泪流满面，抱在一起痛哭。这是感动的泪水，这是他们与球迷们心灵的交流。

总统和球迷们始终深情地注视着他们，默默地目送他们离开了机场。

4年后，巴西男子足球队终于没有辜负巴西人民的期待，他们在1958年的世界杯赛上，自豪地捧回了世界杯冠军的奖杯。

回国的路上，球员们十分激动。

当巴西足球队的专机刚进入国境时,16架喷气式战斗机立即为之护航。

到达机场时,迎接的群众多达3万人;从机场到首都广场,夹道欢迎的群众超过了100万人。这是多么激动人心的场面啊!

人群中,有两条横幅也格外引人注目:"胜利了更要勇往直前!""这都会过去!"

勇气加油站

我们应该怎样面对得与失、成与败呢?智慧的巴西人民告诉我们:"失败了也要昂首挺胸!""胜利了更要勇往直前!"因为,"这都会过去!"

是啊,失败只是暂时的,我们不能一蹶不振,停滞不前。我们还有希望,还可以再次启程,寻求成功与光明。成功也只是暂时的,我们不能让骄傲腐蚀那颗积极进取的心。我们还要攀登更高的山峰,还想超越更好的自己。

此时的辉煌与暗淡,终将过去;而最完美的时刻,永远在下一刻!

2500个"请"字

> 我胜利的唯一秘诀就是：
> 坚持、坚持、再坚持。
> 确定心中所想，积极勇敢地去行动，
> 一定能叩开"成功"的大门。

乔伊40岁时，竟然失业了！

一家6口人都指望着他来挣钱养家糊口呢，这下工作没有了，一家人的生活也失去了着落。乔伊现在最紧要的事就是找工作。

可是，乔伊每到一家公司参加面试，对方都会以年龄大或没有职位空缺为理由将他拒之门外。

乔伊并没有灰心，他看中了离家不远的一家建筑公司。于是，他向该公司寄去了第一封求职信。

求职信中并没有提到自己的能力、才华或是业绩之类的，也没有提出自己的要求，只是简单地写了一句话："请给我一份工作。"

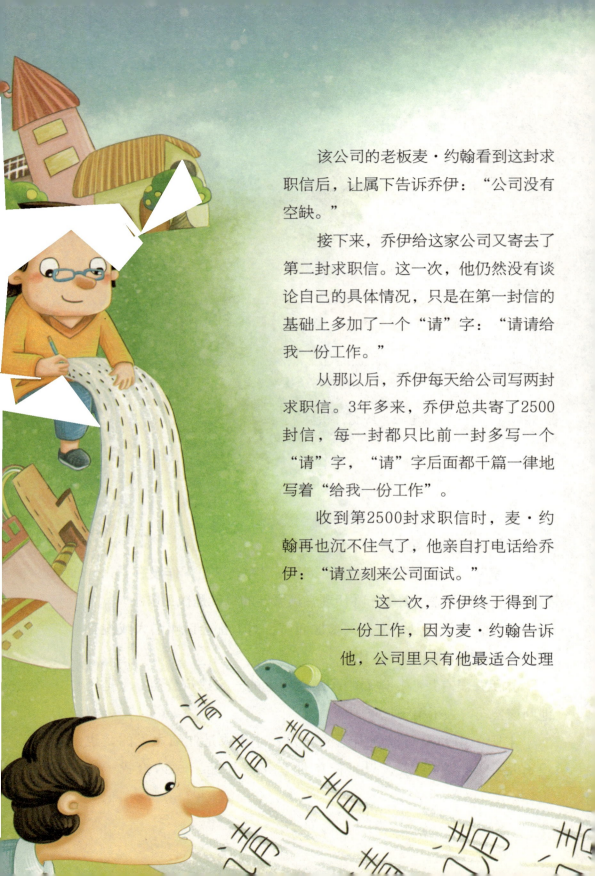

该公司的老板麦·约翰看到这封求职信后,让属下告诉乔伊:"公司没有空缺。"

接下来,乔伊给这家公司又寄去了第二封求职信。这一次,他仍然没有谈论自己的具体情况,只是在第一封信的基础上多加了一个"请"字:"请请给我一份工作。"

从那以后,乔伊每天给公司写两封求职信。3年多来,乔伊总共寄了2500封信,每一封都只比前一封多写一个"请"字,"请"字后面都千篇一律地写着"给我一份工作"。

收到第2500封求职信时,麦·约翰再也沉不住气了,他亲自打电话给乔伊:"请立刻来公司面试。"

这一次,乔伊终于得到了一份工作,因为麦·约翰告诉他,公司里只有他最适合处理邮件的工作,因为他最有写信的耐心。

一名记者知道乔伊的事情后,特地采访了乔伊:"你为什么会想到写这样一封'特别'的求职信呢?"

乔伊回答:"没什么,因为我没有打字机,只能手写,而每次多加一个'请'字,是告诉他们我的信没有一封是复制的,这就是我求职的诚意。"

"那你为什么要录用乔伊呢?"记者又问乔伊的老板。

麦·约翰笑了笑说:"当你看到一封信上有2500个'请'字时,你能不感动吗?"

勇气加油站

大家一定听说过《愚公移山》的故事吧:愚公带着子子孙孙挑土担石,夜以继日地劳作,终于将挡路的大山移走了。也许你会认为愚公很傻,可他却完成了一件看上去不可能完成的事情。这就是"愚公"精神。

"愚公"精神就是指"坚持"。一个人只要确立了奋斗目标,并且全力以赴、坚定不移地做下去,想尽一切办法去攻克难关,那他一定能够取得成功。

乔伊怀着坚持到底的"愚公"精神,叩开了建筑公司的大门;而你只要确定心中所想,积极勇敢地去行动,也一定能叩开"成功"的大门。

伤痕累累的船

在大海上航行的船，
没有不受伤的，
但可以有永不沉没的。

在荷兰的一个拍卖市场上，曾展出过一艘千疮百孔的大船。这艘船有着非同一般的航行历史：在大西洋上航行几十年，经历过各式各样、大大小小的事故或灾难，但它一次也没有沉没过。

如今，它外表锈迹斑斑，船身已多处变形，不得不"停泊"在英国的国家船舶博物馆里。

让这艘轮船名声大震、为众人所知的，是一名来当地观光的律师。

当时，律师刚打输了一场官司，委托人也于不久前自杀身亡了。这虽然不是他第一次败诉，也不是他遇到的第一起自杀事件，可是，每当遇到这样的事情时，他的心里难免会产生一种沉重的负

罪感,这种感觉压得他透不过气来。

他不知该怎样安慰那些人,他们有的被关进了监狱,有的倾家荡产,还有的因打输了官司,而被迫背井离乡……他们都对自己失去了信心,对人生感到绝望。

律师在参观船舶博物馆时,看到了这艘船。他忽然产生了一种想法:为什么不让那些不幸的人来参观参观这条船呢?也许他们会得到一些启示也说不定。

后来,他把收集来的轮船资料和照片一同挂在了他的律师事务所里。每一场官司下来,无论输赢,他都会建议他的委托人去看看这艘船,体会生命带来的感动。

这艘船以它的经历,向人们展示着这样一条真理:在大海上航行的船,没有不受伤的,但可以有永不沉没的。

勇气加油站

区别伟人与庸人的方法之一,就是看他在不幸面前,有没有坚持下去的勇气。苦难对勇敢者来说,是财富,能磨砺他们的意志;而对懦弱者来说,则是万丈深渊。

谁也无法预测未来会发生什么,但我们必须相信:谁能以不屈的精神对待生活中的不幸,谁就能最终克服不幸。人生难免会遭遇挫折和失败,但是我们不能因为身处逆境而放弃对生活的希望。

勇敢地去迎接生命中的阳光和雨露吧!愉悦地去品尝生活中的一切酸甜苦辣吧!就像这艘不平凡的船一样,即使遭遇再多磨难,也绝不在生命的激流中沉没!

连接欧美的电缆

困难像弹簧，看你强不强：
你强它就弱，你弱它就强！

希拉斯·菲尔德在退休前积攒了一大笔钱，有一天他突发奇想：为什么不用这些钱在大西洋的海底铺设一条连接欧洲和美国的电缆呢？

说干就干，菲尔德先是从政府那里申请了资助，然后又联系到几个投资家，便开始了他的铺设工作。

电缆一头放置在英国旗舰"阿伽门农"号上，另一头放在美国护卫舰"尼亚加拉"号上。但是，就在电缆铺设到5英里时，意外发生了——电缆突然卷到了机器里，被弄断了。

菲尔德立即着手第二次实验。这一次，他铺了200英里长，不过因突发事故，轮船发生了严重倾斜，制动器不小心割断了电缆。

菲尔德又赶紧订购了700英里的电缆，还聘请了专家设计出一台更好的机器，以便完成更长的铺设任务。两艘军舰在大西洋上会合了，电缆也如愿以偿地接上了头。

随后，两艘军舰分别向爱尔兰和纽芬兰驶去，期间，电缆被割断三次，军舰不得不在爱尔兰海岸返航。

参与这项铺设事业的人都泄了气，公众舆论也好，投资家也好，都不看好菲尔德的构想。但所有的困难都没有打倒菲尔德，他依然废寝忘食地工作着。

没过多久，第三次尝试又开始了。但这一次的打击更加残酷，在铺设横跨纽芬兰的600英里电缆线路时，电缆突然折断，并掉进了海底。铺设海底电缆的工作不得不暂停。这一停，就是一年。

所有人都绝望了，认为铺设这么长的海底电缆是不可能的事，只有菲尔德依然保持着坚定的信心。

后来，他干脆组建了一个新公司，专门开发一种性能更优越的新型电缆，继续从事铺设事业。

1866年7月13日，菲尔德永远也不会忘记这一天。电缆架设成功了！7月27日电缆开通，第一份横跨大西洋的电报发出，并震惊了全世界！电报内容如下："7月27日晚上9点，我们顺利到达目的地。感谢上帝！电缆铺设好了，一切正常。希拉斯·菲尔德。"

5英里，失败；200英里，失败，700英里，失败……无数次的失败并没有把菲尔德吓倒，他依然百折不挠，不断地实验，再实验，终于将电缆接通，达成了自己的心愿。

菲尔德是倔强的。这意味着他有坚忍不拔的态度，一股劲干到底的热情，以及永不动摇的决心。我们可以像倔强的菲尔德一样，用一台威力无比的切割机，一举将困难摧毁，然后昂着头大步向前。

困难就像弹簧，你强它就弱，你弱它就强。你的选择是什么呢？

原一平的微笑

> 播种就会有收获。
> 那么播种微笑呢?
> 你微笑面对生活,
> 生活就会向你微笑。

原一平是一名保险推销员。他的身高只有153厘米,长相不佳,属于人们口中常说的"困难户"。

在从事保险行业的半年里,原一平没有为公司拉来一份保单,可以说是一个失败的保险推销员。

因为没有钱租房子,他就干脆睡在公园的长凳上;没有钱吃饭,就只好去吃饭店提供给流浪汉的剩饭;没有钱坐车,就索性每天步行。

  然而,原一平与别人的不同之处就在于,他从来不认为自己是一个失败者。相反,他始终对自己、对未来充满信心。

  每天,当清晨的第一缕阳光洒在他脸上的时候,他就伸个懒腰起"床"了,向树上的小鸟打招呼,向每一个碰到的人微笑。不管对方会不会回报他微笑,他都微笑如故。

  他的微笑是那样的真诚,那样的舒展,让人觉得:他是一个多么乐观,多么健康向上的人啊!

  终于有一天,一个经常去公园散步的大老板对原一平的微笑产生了兴趣。他想不明白,一个整天吃不饱、睡不暖的人怎么会有这么愉快的微笑?而且还是发自内心的、真正快乐的微笑。

  大老板邀请原一平一起去吃饭,没想到原一平竟礼貌地拒绝了。

  原一平请求大老板买下他的第一份保险,这样,原一平终于有了自己的第一笔业绩。很快,大老板又把原一平介绍给了许多商场上的朋友,原一平也有了更多的业绩。

他的微笑和自信感染了越来越多的人，后来，他成为了日本历史上签下保单金额最高的保险推销员。

原一平成功了，他的微笑也被日本人评选为"全日本最自信的微笑"。原一平说："走向成功的道路有千万条，微笑和自信只是其中的一种方法，但却是不可或缺的方法。"

微笑能为寒冷的心披上外套，在心底播种善与美的种子；微笑能点亮心灵暗淡的角落，唤醒所有低落的细胞。微笑不是简单的眼角弯弯、嘴角上扬，而是发自内心的充满力量的表情，它象征着自己对美好生活的向往，对全新自己的期待。

因为相信自己而微笑；因为风雨阻挡不了我们的脚步而微笑！——这就是真正的微笑，勇敢而充满自信！

微笑是化解挫折的良药，能使你迎难而上！所以，请尽情地微笑吧！

聪明的彦一

智慧是珠，
胆量是线，
光有线无珠可串，
光有珠无线可穿。

在日本，一个村长经常会带领村民们去参拜伊势神宫。有一年，他们又坐船去了，其中有一个叫彦一的孩子。

晚上，村里人搭乘的船驶进了伊势内海。可就在天亮前，有人无意间发现，在他们的船后面，有一艘海盗船一直跟着。船上的人都很害怕，就连平时威严、镇定的村长也慌了神。

"这可怎么办哪？我们什么武器也没有，一定斗不过海盗，身上带的钱肯定也会被洗劫一空的。"村长哭丧着脸说。

这时，彦一站了出来，对大家说："乡亲们，现在你们都把钱集中到我身上吧，每个人的口袋里都只留一点钱。其他的就按我说的去做。"

彦一虽然年纪轻轻,但是胆量和智慧无人能敌,这一点村里人都很清楚。现在,已经没有其他办法了,大家只能把希望寄托在彦一的身上。

不一会儿,海盗船果然逼近了。几个虎背熊腰、目光凶恶的海盗跳上船来,对着村民大声吼道:"快把钱给我交出来!"

村民们哀叹着,说道:"我们都是穷人,身上哪有什么钱。"

海盗哪里肯相信,他们分头去搜村民的口袋。就在这时,他们看见有一个孩子被捆绑在桅杆上,眼泪"吧嗒吧嗒"地往下掉,看上去可怜极了。这个孩子就是彦一。

"这是怎么回事?"一个海盗问。

村长老老实实地回答道:"这孩子一上船就想偷我们的钱,被我们发觉了。我们就想好好地教训教训他。"

海盗问彦一:"你小子下手比我们还早啊!有这回事吗?"

彦一委屈地哭了起来:"我是个穷人家的孩子,为了能吃口饭,就只好上船偷钱了。谁知他们也穷,我一分钱也没有偷到,还被他们抓住了。哎!你们能救救我吗?"

海盗们听完,"哼"了一声就走开了。他们又搜了半天,最后搜来的零钱加起来还不到100枚银币。

这时,天已经亮了,海盗们只好悻悻地回到了自己的船上。他们哪里猜得到,村民们的钱都在"小偷"彦一的身上放着呢!

与海盗打交道可需要点勇气与智慧才行。在那么紧急的情况下,彦一是用什么思路,才让海盗中计的呢?很简单,用排除法。

海盗如果只搜到了村民们的一点零钱,自然不会甘心。而彦一把自己假扮成被抓的穷小偷,这就证明自己身上也没有钱。如此一来,所有的人都被排除了,海盗们也就产生了一个错觉:这个船上的人都是些穷光蛋,所以他们只能败兴而返了。

彦一人小胆却不小,他临危不惧,用大智大勇帮助村民们保全了财产,这就是他最了不起的地方。

最后一点水

想要引出井里的水,
就要先注入水。
想要释放出无穷的勇气,
也要先给自己的心灵注入一点勇气。

　　旅行者已经在沙漠中艰难地行走了两天。第三天时,他感到自己快要撑不住了。好几天没有喝到水了,要是再找不到水的话,他会不会渴死在这里呢?正在他丧气地想着这个问题时,一间废弃的小屋映入了他的眼帘。

　　拖着疲惫的身体,他摇摇晃晃地走进了小屋。

　　小屋里除了一堆枯朽的木柴,什么也没有。旅行者几近绝望了,他难过地走到墙角边,正想躺下来休息,却在木柴旁边发现了一口压水井。

　　旅行者欣喜地快要跳起来了。他快步走上前去,使劲地压井里的水。可是,不管他怎么压,井里的水就是出不来。他放弃了,颓然坐在了地上。这时,地上的一张泛黄的小纸片引起了他的注意。在小纸片旁边,还有一个用软木塞堵住了瓶口的小瓶子。

旅行者拿起了瓶子和小纸片。他看到纸片上写着:只有把水灌进井中才能引水!别忘了,在你离开前,请将水装满!

他双手颤抖着,轻轻地拨开了瓶塞——透彻纯净的水在瓶中发出耀眼的光芒!

他的内心开始了激烈地斗争:如果自私点,将整瓶水都喝掉,他就不会渴死,就能活着走出这间屋子。但是,后面来的人就没有水喝了。

如果照着纸片上说的去做,把瓶子里唯一的水倒进井里,万一压不出水,他就会渴死在这个沙漠里。

到底要不要冒险呢?

内心经历痛苦的斗争之后,他决定按照纸片上写的去做:把瓶子里唯一的水,全部灌入破烂不堪的井里。没想到,他只轻轻地压了几下,水就汩汩地涌了出来!

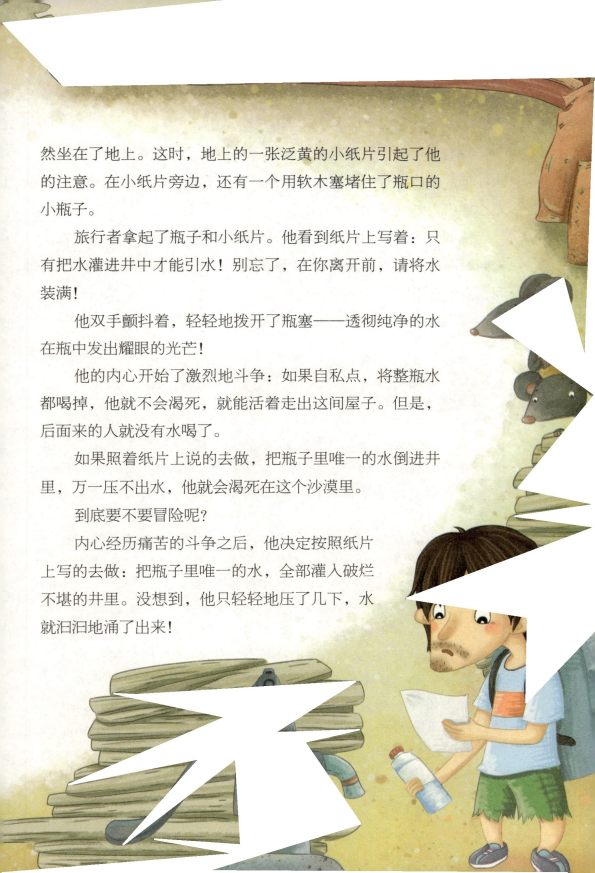

旅行者大口大口地喝着水,感觉畅快极了。那充满生命能量的水在他的身体里欢快地流淌着,他从来没有觉得自己这么幸运过,真心地感激那位留下纸片的好心人。

喝足水后,他怀着感恩的心情将水装满了瓶子,同时用软木塞封好瓶口。然后,又在那张纸片后面,加上了这样一句话:相信我,真的有用!

想知道怎样才能找到勇气吗?那就先弄清楚压水井是如何工作的吧:先倒入少量的水,将井里面的空气排出来。依靠活塞和阀门的作用往下压,井里的水受压后就会溢出来。

人不就像一口压水井吗?要想让身体里充满勇气,首先需要往体内注入一股勇气,然后让它迸发出源源不断的勇气,这样就可以自动"提取"勇气了。

可是要怎么注入勇气呢?答案就是自我激励。一个善于自我激励的人,一定是善于提取勇气的人。只要经常大声对自己说:"我很勇敢!","我绝不畏惧困难!"你就会感受到一股不知名的力量,恐惧感也会被排出体外。相信这时候,勇气的热流一定会温暖着你,使你不再害怕、不再退缩,而是勇敢地挑战自我,展现最耀眼的自己。

迷路的小女孩

朝着正确的目标坚定地走下去吧,
不要左顾右盼,不要犹豫不决,不要拖延观望,
你就能顺利地到达终点。

很久很久以前,有一个小女孩住在像童话般漂亮的村庄里。这里绿树环绕,鲜花盛开。

小女孩最喜欢做的一件事就是在树林的深处散步。清晨,树林里的小鸟、金花鼠和松鼠会跳到她的身边,和她快乐地交谈。下午,她可以坐在苔藓覆盖的岩石上打盹儿。

一天,小女孩去森林采蘑菇,她走了很久,直到天色暗下来时,她才回头张望。可是,她发现自己离村庄里最高的教堂的尖顶已经很远了,这才意识到自己迷路了。

小女孩吓坏了,她坐在地上哭了起来。松鼠听到哭声,摇摆着大尾巴赶来了。

松鼠跳到小女孩的面前说道："别哭了，朝着教堂的尖顶一直走，眼睛不要离开它，你就会走到家的。"

"真的吗？"小女孩半信半疑，不过她的心情好多了。她迅速地抹干眼泪，站了起来，拎起下午采的一篮子蘑菇，开始往回走。

她死死地盯着教堂的尖顶，好像害怕把它给弄丢似的。可是没过多久，她的身后就传来了一阵窸窸窣窣的脚步声。她忍不住把眼睛从尖顶上移开，转过头去看看究竟是谁跟在后面。

呀，是一只红色的狐狸。

"小女孩，你知道吗？"狐狸说话了，"在山岭的那一边，有一大片紫罗兰的花田，美丽极了。跟我一起去吧，你就能采到一大束紫罗兰了。"

小女孩心动了，她知道妈妈非常喜欢紫罗兰。如果送一束紫罗兰给妈妈的话，她一定会非常高兴的。小女孩忘记了害怕，她跟在狐狸的后面，朝教堂尖顶相反的方向跑去。

这时，月亮被云朵遮挡了，树林里变得更黑了。小女孩想起了松鼠说过的话。可是，从她现在所处的位置望去，已经看不到教堂的尖顶了。

小女孩害怕地撒腿跑了起来，幸运的是，没过多久，她又回到了和松鼠说话的地方。

这一回她再也不敢把眼睛移开了。她目光紧紧地看着教堂的尖顶，全神贯注地盯着它，然后一步一步地朝着前方走去。最后，小女孩终于平安地回到了家。

勇气加油站

小女孩之所以会迷路，并不是因为缺乏明确的目标，而是临时改变了计划，于是使自己离目标越来越远。生活中，我们是不是也会受到某些"诱惑"，而与既定的目标渐行渐远呢？

生活中有太多的诱惑在扰乱我们的视线，不知不觉间，我们就会把目标与追求遗忘在某个角落，等到醒悟时，又后悔莫及。

不要遗失了你的目标与梦想，只要你走的是正确的方向，那么就请坚定不移地走下去！就像歌德说的那样："但愿每一个人都像星星一样，安详而从容地沿着既定的目标，走完自己的路程。"

真是一次冒险

把生活当成一件未拆封的礼物吧，
你将永远怀着期待的甜美心情。

螃蟹在海滩上散步，突然看见龙虾驾船准备出海。

螃蟹惊讶极了，它急忙叫住龙虾："大哥，这么冷的天还要出海，太冒险了吧！"

"当然冒险啦！"龙虾说道，"不过我喜欢待在海上，那种与风浪融为一体的感觉实在是太美妙了！"

"那我也一起去吧！"螃蟹脱口而出，"我可不想让你一个人去冒险。"

于是，龙虾和螃蟹一起出海了，不一会儿，它们就离海岸很远了。汹涌的海浪向它们袭来，一阵又一阵，小船被海浪拍击得颠簸起伏。

狂风呼啸而来，龙虾高声叫道："螃蟹老弟，对我来说，浪花是最能使人振奋的了，波浪的撞击简直使我兴奋得透不过气来！"

螃蟹却兴奋不起来，他闭着眼睛，颤声说道："大……大哥，我发现我们的船，正在往下沉！"

"哈哈，你终于发现了呀！"龙虾一点儿都不觉得意外，仍然开心地说，"没错，我们的船是在下沉。因为这条船太旧了，到处都是裂缝，肯定会出问题啊！"

"可，可是……"螃蟹已经语无伦次了，"我们会掉进海里吗？"

龙虾不以为然，他转头对螃蟹说道："这不是很好吗？勇敢些，螃蟹老弟，我们都是大海的子孙，怕什么！我还巴不得它快点沉掉呢！"

话刚说完，小船就翻了个身，沉到海里去了。

"太可怕了，太可怕了！"

螃蟹落入了海里,惊恐地大叫起来。

"走,让我们好好地在大海里游泳吧!"龙虾说着,用自己的钳子夹住螃蟹的钳子,带着他一同在海里欢快地游来游去。螃蟹渐渐大胆起来,他畅快地在海里游着,直到筋疲力尽地躺在海底休息。

龙虾看着螃蟹,意味深长地问道:"你看,这次的冒险是不是很有趣,很有意义啊?"

螃蟹喘了喘气,坦白道:"是呀,大哥,我以前总喜欢过安稳的生活,但今天的冒险却让我对生活有了新的认识,还是得不断挑战自己啊!"

勇气加油站

有一个人每天走路上班,下班后再沿原路回家;从来不坐电梯,也不出远门;不养凶猛的动物,不喝烈性的酒……而另一个人呢,懂多门外语,会开飞机;登上过世界最高峰,在深海里探过险;和黑猩猩、毒蛇打过交道……两个人的生活是不是很不一样呢!每一个人都有不同的生活态度,你更喜欢哪一种呢?

生活就像大海,如果你怀着探险的心情,在里面畅快地游来游去,你一定会发现非常多的乐趣;但如果你总是担心沉船和丢掉性命,那你生活的每一天都在担惊受怕。

充满挑战的人生永远不缺少激情。把生活当成一件未拆封的礼物吧,你收获到的将永远是惊喜!

美丽的"恐怖角"

不管你对什么感到害怕,
都要勇敢地迎上前去。
你的勇气能帮你点燃战火、征服黑暗、打败恐惧。

迈克是一名记者,他的工作一直一帆风顺,有个漂亮的女朋友,父母也很健康。日子过得波澜不惊,就像一片平原,没有高峰,也没有低谷。

有一天,迈克忽然问了自己一个问题:"如果有人告诉我,今天我就会死掉。我会有遗憾吗?"几乎没有考虑,他就肯定地回答:"有!"

想到这里,迈克不禁哭了起来,为自己的懦弱。

事实上,他的胆子非常小。小时候,他害怕鸟、猫、蛇和蝙蝠等动物,也害怕黑暗。而且,他还很矛盾,怕热闹又怕孤独,怕失败又怕成功,怕城市又怕荒野……不可思议的是,无所不怕的他竟然"勇敢"地当上了记者。

迈克边哭边问自己："上半辈子过得这样懦弱,难道下半辈子也要这样过吗?"

一念之间,他做了一个疯狂的决定:放弃高薪的记者工作,一分钱也不带,孤身前往美国东海岸的"恐怖角"。

他的家人得知后,一个个大惊失色:"听说恐怖角非常吓人,你不害怕吗?"

威严的奶奶气得责骂道:"你一定会在路上被人杀掉的。"

一向懦弱的迈克这次没有退却,他不为所动,坚定地说:"我知道很恐怖,但我想勇敢地面对一次,这样才不枉此生。"

迈克已经下决心了,他在一个阳光明媚的日子里出发了。

一路上,他风餐露宿,有时

靠给别人打工，换取一顿饭或是睡一夜。就这样，迈克靠搭陌生的好心人的便车，最终横穿美国，来到了目的地——恐怖角。

然而意外的是，恐怖角并不恐怖，相反还特别漂亮。原来16世纪时，一位探险家发现了这个地方，给它命名为"美丽角"。不过是人们误传，这才变成了"恐怖角"。

勇气加油站

　　迈克的经历几乎揭示了人类生存的一个奥秘：如果选择平稳和平淡，放弃冒险和挑战，你的一生都会在风平浪静、碌碌无为中度过。最后，你会在悔恨与失意中黯然老去。

　　水沸腾后，蒸发而来的水蒸气可以发动机器，驱动火车前进；而温水却永远也释放不出如此强大的力量。

　　不要让自己有遗憾。人生不应该像温水一样没有憧憬，没有抱负；而应该像沸水一样充满激情、活力与勇气，不断地激发自己的潜能。

　　像迈克一样勇敢地征服心中的"恐怖角"吧，只有征服了生命中的一切恐惧，你才能拯救自己怯懦的灵魂；只有你的灵魂也沸腾起来了，你才能一往无前，成就辉煌的人生。

"飞"过沙漠的小河

改变意味着成长，
只有改变自己，
才能挑战更多的不可能。

一条小河从遥远的高山上流下来，经过了村庄和森林，最后来到了沙漠。可是，当它穿越沙漠时，却发现水分正渐渐地减少。

小河想："我经过了许多村庄和森林，这个沙漠应该也能穿越过去吧！"

于是，它又一次将河水带进沙漠。然而遗憾的是，它试了一次又一次，每次都无功而返。更可怕的是，河水越来越少。

小河有些灰心了："难道这就是我的命运，永远到不了浩瀚的大海？"

突然，一个低沉的声音响起来："微风能越过沙漠，河流也能。"

"你是谁？"小河警觉地问。

"我是沙漠。"那个声音回答。

"是你挡住了我的路!"小河恼怒地说,"站着说话不腰疼,微风可以飞,当然能飞过沙漠,可我不能飞,怎么能越过沙漠呢?"

"如果你保持现在的样子,确实永远也不可能越过沙漠。不过只要你愿意改变,变成水蒸气,微风便会带着你飞出沙漠了。"沙漠诚恳地说道。

"什么?让我改变现在的样子,那不是自我毁灭吗?"小河大喊起来,"再说了,我还不知道你是不是骗我的呢!"

沙漠耐心地解释:"风可以把水蒸气含在身体里。到了适当的地方,它就会把水蒸气释放,让它们变成雨水降落下来。雨水到时会汇成河流,继续朝大海前进。"

听了这番话,小河隐隐约约地想起了以前的事情。在没变成河流之前,它也是由微风带着,飞到了那座高山上,然后变成雨水落下来,这才变成了现在的样子。

"那我还是原来的小河吗?"小河还是不放心。

"不管你是河流还是水蒸气,你的内心依然没变,因为你坚持要去大海。"

听了这番话,小河终于放下心来。它鼓起勇气,任由阳光灼热地照射。不一会儿,它感觉身体变得轻盈起来,然后慢慢地升到了空中,投入到微风的怀抱中。微风带着它,向沙漠的另一头飞去。

勇气加油站

人生就像这条小河,为了跨越障碍,突破极限,我们经常不得不改变自己。但同时,我们也会深深地怀疑:我还是原来的我吗?

只要你内在的本质没有变,你依然充满自信、意志坚定地朝目标前进,你就还是原来的你。

不要害怕改变,也不要拒绝改变,主动地、真诚地去拥抱生活中的各种变化,接受自己在每一次变化中所体验到的成长与升华。

一棵树在它的一生中也会经历无数次"换装":时而身披翠绿色的外衣,时而头戴金黄色的帽子,时而裹着雪白的绒袄……但不管怎么变,它永远都是一棵享受四季变换的树。

叶子的心

只要有一颗积极乐观、
勇敢无畏的心，
我们就能对任何状况坦然视之，
怡然处之。

小杨的邻居是一位老人。这位老人一生坎坷，经历了许多不幸：早年在战争中，他失去了父母，还失去了一条腿；后来，妻子因病逝世了；而不久前，他相依为命的儿子又死于一场车祸。

但是，小杨从未发现老人唉声叹气过，相反，老人精神矍铄，每天都笑脸迎人。小杨觉得很奇怪，一天，他终于忍不住跑过去问老人："您经历了那么多苦难，可为什么看起来一点儿也不伤心呢？"

老人沉默了一会儿，然后从地上捡起了一片落叶。当时正值秋天，这片落叶已经泛黄了，只有叶片中间还剩下一点儿绿色。老人将叶子递给小杨，问道："你看，它像什么？"

小杨使劲儿瞧了瞧，可没看出什么名堂，便老实地摇了摇头。

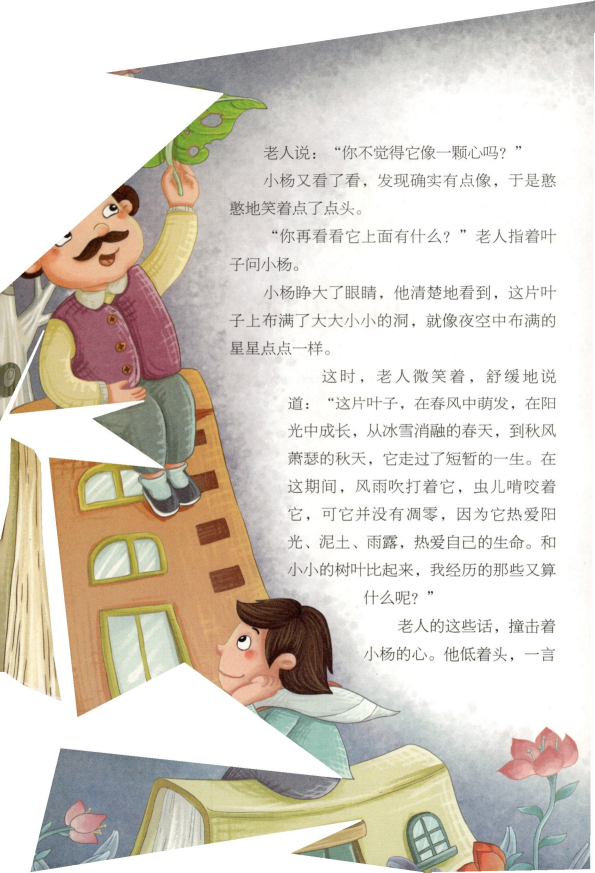

老人说:"你不觉得它像一颗心吗?"

小杨又看了看,发现确实有点像,于是憨憨地笑着点了点头。

"你再看看它上面有什么?"老人指着叶子问小杨。

小杨睁大了眼睛,他清楚地看到,这片叶子上布满了大大小小的洞,就像夜空中布满的星星点点一样。

这时,老人微笑着,舒缓地说道:"这片叶子,在春风中萌发,在阳光中成长,从冰雪消融的春天,到秋风萧瑟的秋天,它走过了短暂的一生。在这期间,风雨吹打着它,虫儿啃咬着它,可它并没有凋零,因为它热爱阳光、泥土、雨露,热爱自己的生命。和小小的树叶比起来,我经历的那些又算什么呢?"

老人的这些话,撞击着小杨的心。他低着头,一言不发地看着叶子,好像在想什么。

老人拍拍小杨的肩膀,爽朗地说道:"我们的心也要像这片叶子一样,即使饱经磨难,也不能提早凋谢哟!"小杨抬起头,微笑着向老人点了点头。

直到今天,那片树叶依然被小杨完好无损地保存着。每当遭到了打击和挫折,小杨就会把叶子拿出来看一看。不知道为什么,每次他都能从中汲取到神奇的力量。

苦难与不幸从某种意义上来说,是养料、是阳光,有了它们,我们才能更坚强地成长。感谢那些苦难,是它们让我们明白了生命的真谛,永远不放弃对美好的追求。就像老人手中的叶子,虽然受尽虫咬雨击,历经酷暑严寒,但它始终没有提前凋零,而是坚强地等到了生命的最后一刻,并且依然对生命充满着热爱。

一位智者说过:"人生的意义不在于拿到一副好牌,而在于怎样打好一副坏牌。"是啊,人生不如意者十之八九,谁能一辈子活在胜利与成功之中呢?只有勇敢地去面对逆境和挫折,然后带着"战无不胜,攻无不克"的决心去挑战它们,成功之花才会散发芬芳,你的人生才会更加精彩。

有一个人可以帮你

求人不如求己，
与其仰求别人，不如自己努力。
我们不但要有"自修自悟，自食其力"的态度，
也要有"放眼天下，舍我其谁"的气概！

有间工厂不幸破产了，厂长还清一屁股债务后，沦落成一名流浪汉。

偶然间，他看到了一本书，便找到这本书的作者，希望他能帮助自己重新站起来。

作家耐心地听完他的故事，对他说："你的故事很动人，我也希望能鼓舞你、帮助你，可是很抱歉，我实在无能为力。"

流浪汉露出失望的神色，他无力地低下头，绝望地说："这次我真的完蛋了！"

作家看着他，突然说道："别灰心，虽然我不能帮你，但有个人可以，我可以把他介绍给你。"

听到这句话，流浪汉顿时变得激动起来。他一把抓住作家的手，恳求道："请你立刻带我去见这个人，好吗？"

作家把流浪汉带到了房间里一面高大的镜子前。作家指着镜子里的流浪汉说："我给你介绍的那个人就是他。在这个世界上，除了他，再也没有人能让你站起来了。"

流浪汉走上前，看着镜中的自己：憔悴、消瘦的脸上黯淡无光，头发乱糟糟地搭在额头上，眼睛灰蒙蒙的……他突然退后几步，蹲在地上痛哭起来。

作家语重心长地对他说："坐下来，好好认识一下这个人，不然你将来只能跳进河里。"说完，他离开了房间，任由流浪汉痛快地哭泣。

一个月后，流浪汉再次来拜访作家。他从头到脚焕然一新，而且步伐轻快，精神饱满，作家差点没认出来。

流浪汉欢快地说："上次离开你时，我还只是一个流浪汉，不过现在我找到了一份薪水不错的工作。我又走上成功的道路了！"

说着，他又走到了那面镜子前，对着镜中的人说："谢谢你，让我站起来了！我现在已经知道，真正的贵人其实就是自己。只要鼓起勇气再来一次就可以了。"

西班牙作家塞万提斯曾说过这么一句话："失去财富者损失不轻，而失去勇气者则一无所剩。"这个故事要表达的就是这个道理。

怀抱希望而不绝望，克服危机而不为危机所制，这就是勇气的力量。一个人只有相信自己，正确认识自己，他才能承受住各种考验、挫折与失败，争取到最后的胜利。

如果你的生活变得困难重重，你最好与自己坦诚地谈一谈，找出问题的症结。同时，也别忘了鼓励自己一番："别泄气，你一定会有办法！"

向着那片灯光

只有在心中洒下信念之光,内心才会生长出力量。
那些迎难而上的人,
都是用信念的光芒铸就了自己的坚强。

原本平静的海面忽然狂风大作、巨浪滔天,一艘小船在飘摇中被打下了水。一名船员侥幸抓到了一个救生艇,这才幸免于难。

救生艇在海面上颠簸,如同一片树叶,被风吹来吹去,完全迷失了方向。

天色渐渐暗下来,船员又冷又饿又害怕,但除了这个小小的救生艇,他一无所有,连眼镜也不知什么时候弄丢了,他更加无法辨别方向。

伤心绝望之际,他无助地望向远方,却惊喜地看到一片片灯光,星星点点,像是在对他招手。

"太棒了,"船员兴奋地喊起来,"既然那里有灯光,不是一

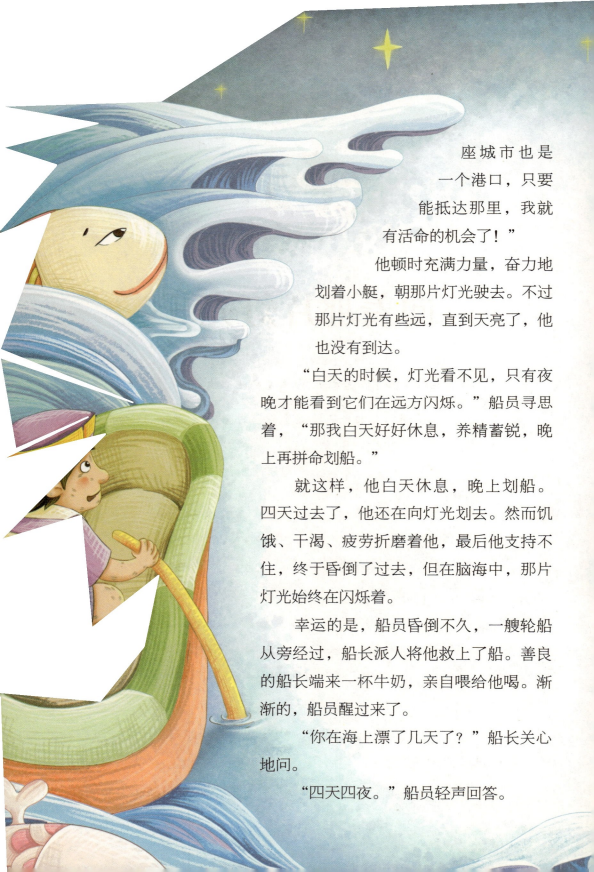

座城市也是一个港口，只要能抵达那里，我就有活命的机会了！"

他顿时充满力量，奋力地划着小艇，朝那片灯光驶去。不过那片灯光有些远，直到天亮了，他也没有到达。

"白天的时候，灯光看不见，只有夜晚才能看到它们在远方闪烁。"船员寻思着，"那我白天好好休息，养精蓄锐，晚上再拼命划船。"

就这样，他白天休息，晚上划船。四天过去了，他还在向灯光划去。然而饥饿、干渴、疲劳折磨着他，最后他支持不住，终于昏倒了过去，但在脑海中，那片灯光始终在闪烁着。

幸运的是，船员昏倒不久，一艘轮船从旁经过，船长派人将他救上了船。善良的船长端来一杯牛奶，亲自喂给他喝。渐渐的，船员醒过来了。

"你在海上漂了几天了？"船长关心地问。

"四天四夜。"船员轻声回答。

"天啊,也就是说你不吃不喝整整四天?"船长惊讶极了,"那你是怎样坚持下来的?"

船员指着远方:"是那片灯光,给了我支撑下去的希望。"船长顺着他的手指望去,却惊讶地说不出话来。

哪有什么灯光,不过是正在天边闪烁着的星光。船员眼睛近视,又没有戴眼镜,他将星光看成了灯光。

勇气加油站

是什么让船员活下来了?是信念,是强大的求生欲望,它们能催生出不可估量的勇气。

有一位将领在与敌军开战前,知道自己这一方的实力不如对方,就下令烧毁所有船只。他对士兵说:"船已付之一炬,这就表示,我们已经没有退路了,别无选择——除了胜利,还是胜利!"结果士兵们冒着必死的决心,以寡胜多,赢得了这场战争。

让你的信念燃烧成熊熊大火吧,让它成为你坚持下去的动力吧!借着信念所产生的强大勇气,在遭受上百次的打击挫折之后,依旧高唱凯歌!

最好的形象

你是愿意当搏击长空、威风凛凛的雄鹰，
还是畏首畏尾、胆小怕事的老鼠？
用你的自信与勇敢塑造属于自己的最佳形象吧！

一个灵魂在天上游荡了几年，终于等到了被派往人间的时刻。

在去人间之前，灵魂请求上帝："仁慈的上帝，我一直深深地崇拜您。请您派给我一个最好的形象吧！"

上帝思索了片刻，说："可以，人是世上最好的形象，你就准备做人吧！"

"做人有风险吗？"灵魂追问道。

"有，"上帝如实地答道，"生老病死、钩心斗角、悲欢离合……"

没等上帝说完，灵魂便打断道："还是换另一个吧！"

"要不你就做马？"上帝询问道。

"做马有风险吗？"

"有，"上帝坦白地说，"受鞭子的鞭笞、被屠刀宰杀……"

灵魂再次打断："别说了，请您再给我换一个吧！"

"老虎怎么样？"

灵魂满心欢喜地说："老虎好呀，森林之王，肯定没有风险。"

"不，老虎也有风险。"上帝说，"尽管威风凛凛，但有时也会被人猎杀，人是他们的克星……"

"算了，上帝，我不做动物了，还是做植物好了。"灵魂无奈地说。

"不过植物也有风险，做树的话，也许会被砍伐；做花的话，也许会被采摘；做草呢，有毒的得被制成药物，没毒的得被吃掉，你愿意做哪一种呢？"上帝慢慢地分析道。

"天啊，怎么会这样，我哪个都不愿意。"灵魂沮丧极了，他偷偷地看了一眼上帝，小心翼翼地说，"我觉得吧，也许只有做上帝才是没有风险的，要不您行行好，让我留在您身边吧。"

"哼！"上帝早就不满了，生气地说，"你以为我很轻松吗？我也是有风险的。每当人们遇到不公平的事情，都会严厉地责怪我，我也时常不安啊！"

说完这句话，上帝随手拿过一张鼠皮，将灵魂包裹起来，说："这才是最适合你的形象。"

就这样，灵魂被上帝推了下来，人间多了一只畏首畏尾的老鼠。

勇气加油站

　　做什么事都畏畏缩缩的人只能当鼠辈。看完这个故事，你是不是也有这种感触呢？世界上没有不漏风的洞穴，没有不长草的土地，没有不含水分的空气，因此也没有不带任何风险的人生。

　　让我们面对现实吧——你只有坚强，才能在世界上生存。痛苦、疾病、挫折、意外、绝望、失败又怎样，只要你鼓起勇气，面对你内心的恐惧，就没有什么好害怕的。

　　与其在恐惧中度过一生，不如从每一次审视恐惧的经验中获得力量、勇气和信心。千万不要试图逃避你所害怕的事，而应该一而再、再而三地迎头直视它们，然后将其驱赶出你的内心。

海边的水手

不一样的天空,就有不一样的向往;
不一样的花朵,就有不一样的芳香;
不一样的期待,就有不一样的人生。

海岸边弥漫着浓雾,放眼望去,海面雾气腾腾,美丽而缥缈。

货船靠岸了,商人站在一旁,看着工人们卸载货物。这时,一个水手走过来,商人无事可做,便和他聊起天来。

"你喜欢海吗?"商人问。

"非常喜欢,我最爱的就是海洋。"水手回答道。

商人疑惑地问:"你怎么会喜欢海呢?那儿经常大雾弥漫,而且还特别冷。"

"海上不总是有雾,也不总是很冷。有时候,海洋十分明亮,十分美丽。"水手痴迷地说,"无论什么天气,雾也好,冷也好,热也好,我都爱海。"

"可在海上工作很危险,你不害怕吗?"商人又问。

水手淡淡一笑,说:"当你热爱自己的工作时,是不会想到危险的,像我的爸爸、哥哥、弟弟,我们家的每个人都爱海。"

"那你爸爸目前也在海上工作吗?"商人继续问。

"不,他死在了海里。"

"那你哥哥呢?"

"他死在了大西洋。"

"你弟弟……"

"他在海里游泳时,被一条鳄鱼吃了。"

商人吃惊地看着水手,说:"如果我是

你，我就永远也不到海里去了，那真是太可怕了。"

水手淡淡一笑，反问道："你介意告诉我，你爸爸死在哪里吗？"

"床上。"商人不假思索地说。

"那你爷爷呢？"

"也在床上。"

水手定定地看着商人，说："如果我是你，我就永远也不到床上去。"

"呃——"商人愣住了，半天说不出一句话。

你的一生应该怎样度过？也许你想做平平淡淡的事，当平平常常的人，过平平静静的生活，安逸而美好。当然也有很多人渴望在惊险刺激中，体验自己的生命旅程。

人生旅途中，总是有各种波折与险阻，人要是惧怕痛苦、惧怕疾病、惧怕不测、惧怕生命的危险和死亡，那他就会什么也不能忍受，从而也不敢去追寻自己的梦想。

在"山重水复"的时刻，我们一定要有追寻"柳暗花明"的勇气。也许，转一个弯，就是桃花盛开的地方。

逃出一片火海

如果说勇气是我们抵御危险与灾祸的守护神，那么生活的磨难就是勇气的试金石。

唐朝有一位大臣，被皇帝赐封为英国公。英国公有个孙子，名字叫徐敬业。徐敬业一天天地长大了，长到十几岁时，稚嫩的脸上总是现出凶恶好斗的神色，平时喜欢舞刀弄枪，玩弹弓射箭这类的游戏。

有一天，家里来了一位看相的师傅，他看到徐敬业后，对英国公说，这孩子长大后必定会闯下大祸。

英国公听在耳里，记在心里，日日为之提心吊胆，小敬业竟成了他的一块心病。他担心家族的命运有一天会毁在徐敬业的手里。于是，他产生了一个念头。

为了除掉这孩子，英国公佯装带着敬业外出狩猎。他指示敬业去林子里追赶野兽，敬业高高兴兴地去了。他哪里知道祖父打的是什么算盘呐！

英国公便抓住时机，顺着风势放了一把火，想把徐敬业活活烧死，以免日后给徐家带来灭顶之灾。

冬日的午后，天气干燥，枯枝败叶借着北风，越烧越大，林子里转眼间燃烧成了一片火海。如野兽般凶猛的大火向徐敬业扑来，徐敬业骑着马奋力朝前跑——可是，前面是山崖，他已经无处可逃了！

他的身边只有一匹马而已，可在这种时候，马又能派上什么用场呢？

要知道，徐敬业可不是一个会被大火吓破胆的人。眼看着自己就要被大火吞没了，他立即从马背上跳了下来，然后一挥刀，将马给杀死了。接着，他剖开了马的肚子，钻了进去。

大火过去后,徐敬业才从马肚子里钻出来。他满身鲜血,但安然无恙地站在了山崖边上。

英国公知道后,不由得暗暗赞叹:"大难不死,必有后福,这孩子日后必有大造化!"于是,他改变了以前的看法,对徐敬业寄予了厚望,开始好好栽培他。

绝境之中,徐敬业果断地挥刀剖开马肚,钻了进去,这才躲过了一场杀身之祸。他的机智和勇敢真是令人赞叹!在那样的情形下,还能处变不惊,快速地作出最佳的决定,这需要有多大的勇气啊!

"勇气产生在斗争中,勇气是在每天对困难的顽强抵抗中养成的。"如果说勇气是我们抵御危险与灾祸的守护神,那么生活的磨难就是勇气的试金石。

生命的斗士

如果身体被疾病与死亡缠绕，
你还会向往温暖的阳光吗；
如果双脚不能动弹，
你还会爬行着继续前进吗；
如果路上布满了荆棘与猛兽，
你还会执着地追寻梦想吗？

霍金是举世闻名的科学家，也是一位最为特殊的科学家，因为他所有的学术研究都是在轮椅上完成的。

21岁那年，霍金正在剑桥大学读书，可就在这时，风华正茂的他患上了肌肉萎缩症，四肢逐渐瘫痪，轮椅成了他最好的朋友。到最后，他连话也不能说了，唯一能活动的只剩下手指了。但是，他的脸上始终保持着笑容。

有一次，霍金参加科学研讨会，会议结束后，有一段自由采访时间，一位年轻的女记者抓住机会，问道："霍金先生，您一生都将与轮椅做伴，难道不认为命运对您太不公平了吗？"

一下子，现场的气氛尴尬极了，在场的人都暗自责怪那个女记

者，认为她的问题太刻薄了。大家都担心霍金会承受不住。

但结果不像大家猜想的那样，霍金一点儿也不介意，他依然微笑着，用手指艰难地敲击着键盘。

缓缓地，宽大的投影仪上出现了一段文字："命运对我很公平，因为它给了我许多东西，活动的手指、灵活的大脑、美好的理想、我爱的人和爱我的人，以及一颗感恩的心……"

会场上掌声四起，人们被霍金深深地震撼了，不仅因为他非凡的智慧和豁达的心胸，更因为他对生活的热忱与信心。

大家纷纷涌到台前，热情地簇拥着霍金。

勇气加油站

　　身体不完美并不代表内心不完美。真正强大的人在不幸面前，依然能笑对人生、傲视群芳、珍惜自己的"财富"。他们是生命的斗士！

　　我们知道很多身残志坚的名人，他们从来不向命运低头，总是积极乐观地面对生活。在常人无法想象的困难面前，他们克服了内心的软弱，用生命的全部力量创造了奇迹，向人们证明：生命啊，我们是多么的热爱你！

　　爱会让人拥有战斗的勇气。爱生命，还有什么痛苦是不能忍受的呢？

克里斯蒂的耳环

由大智中产生的大勇，
是最坚毅和坚强的。
临危不乱，冷静应对，是化解危险的好办法。

克里斯蒂是位有名的女作家，常常需要交际应酬，参加各种各样的宴会。

有一次，宴会凌晨两点才结束，克里斯蒂独自走在回家的路上。四周静寂无声，昏暗的路灯柔柔地照射下来，夜显得更静了。

突然，一道人影从树丛旁闪出来，还没等克里斯蒂看清楚，脖子上就架起了一把刀，耳边响起了恶狠狠的声音："快把你的耳环摘下来！"

克里斯蒂心中一沉，知道自己碰上强盗了。

于是，她只好顺从地摘下耳环，并不经意地用手拽紧大衣的衣领，好将脖子上的项链遮住。不过很可惜，强盗发现了她的这个小动作。

耳环摘下后,克里斯蒂往地上一扔,毫不在乎地说:"拿去吧,现在我可以走了吗?"

强盗见她这样,顿时起了疑心:难道她脖子上的项链更值钱?

于是,强盗看也不看耳环一眼,眼睛直勾勾地盯着她的脖子,凶狠地威胁道:"快把你的项链给我,不然当心你的小命!"

克里斯蒂大吃一惊,把大衣拽得更紧了,哀求道:"求您把项链给我留下吧,我值钱的首饰只剩下它了。"

"少废话，快点！"强盗目露凶光，手上猛地一用力，锋利的刀口立即将克里斯蒂的大衣领子划破了。

克里斯蒂吓得面无血色，双手颤抖着取下项链。强盗粗鲁地一把夺过去，心满意足地走了。街上又恢复了平静，像刚开始那样。

克里斯蒂快速地蹲下来，捡起了地上的耳环，然后飞快地向家里跑去。

要知道，这副耳环价值980英镑呢，而强盗拿走的那串项链才区区6英镑。至于刚才她拼命保护项链的样子，那是故意做给强盗看的。

勇气加油站

克里斯蒂是一个聪明、勇敢的人，她临危不乱，灵活应对，成功地骗过了强盗，保住了自己昂贵的耳环。

难以想象，当遇到突发事件的时候，一个懦弱的人怎能够机智应对。恐怕他一见情况不对，就吓破了胆，哪里还会去想办法解决问题呢？

在现实生活中，当我们遭遇突发状况时，一定不要慌张，而是应该调动全身的聪明细胞和勇敢细胞，与恶势力对抗。

水牛与木桩

困境有时候是自己幻想出来的迷雾，
而胆量能助你打开精神枷锁，
冲出团团迷雾。

森林里有一只可爱的小松鼠，他每天都要出门寻找松子。

这天，小松鼠来到了一片草地上，他看到了一个庞然大物，吓了一大跳，仔细一看，原来是一头水牛。

水牛正在安安静静地吃草，周围的草已经快被吃完了。

小松鼠亲切地跟水牛打招呼："水牛，你好！你看今天的天气多好呀，不如我们一起去玩儿吧！"

水牛扭过头，委屈地说："你没看到吗，我被拴住了走不了啊！"

小松鼠这才瞧见水牛的脖子上拴着一根绳子，绳子的另一端拴在地上的一个小木桩上。小松鼠哈哈大笑："这么一个小木桩就难倒你了啊,我还以为是什么呢!你只要稍微用一点儿力,就可以把它拔出来啦!"

"不可能!你说得倒轻巧。"水牛摇摇头说,"当我还很小的时候,就被拴在这个木桩上了。不管我怎么用力跳啊、挣扎啊都没用,木桩还是纹丝不动,我只能在原地打转。我是不可能从这个木桩上挣脱的。"

小松鼠瞅了他一眼,说:"你不试试怎么知道呢?你现在已经长大了,不再是小时候那个瘦弱的小水牛了。再加把劲吧!"小松鼠跳到了水牛的身边。

没想到水牛只是"哞哞"地叫了几声,仍然站在原地不动。

小松鼠无奈地围着木桩转圈,他的力量并不能拔起木桩啊!正着急时,他眼珠一转,想出了一个好主意。

过了一会儿,水牛没看见小松鼠的身影,就低下头来寻找,突然,他觉得屁股上好像被什么尖东西扎了一下。水牛痛得大叫一声,忍不住蹦跳起来。

等他跑了老远,安静下来时,扭头一看,发现小松鼠正站在自己身后,手里拿着一块尖石头,笑眯眯地看着他。

"这下总算可以了。"小松鼠满意地说。

原来,水牛因为疼痛而跳起来的时候,顺势把木桩从地里拔出来了。

水牛怔怔地说:"这怎么可能?我一直都没有挣开过啊!"

小松鼠说:"其实是你自己心中的木桩拴住了你啊!"

勇气加油站

为什么强壮的水牛会被一块小小的木桩束缚住呢,为什么他连试一试的勇气都没有呢?小松鼠一语道破天机:"其实是你自己心中的木桩拴住了你啊!"

很多时候,我们是被自己蒙蔽了。我们总是对那个"强大"的自己说:"不,我不能。"或"我真的做不了。"结果你就真的做不了了,因为你被自己打败了。为什么不对自己说"我一定可以做到!""跟过去的自己相比,我已经进步很多了!"?只有这样,你才可以打破强加给自己的精神枷锁,才能享有自由,放飞梦想。

当你下次想要放弃时,请记得对自己说:"我一定要拔掉心中的木桩!"

种子的对话

勇敢者的内心时时刻刻都有溪水潺潺、泉水叮咚，
他们用信念与坚持唱响了一首生命之歌。

春天来了，又到了播种的季节。两颗种子正躺在肥沃的土壤里，交流各自对生长的想法。

第一颗种子说："我要努力向上生长，还要使劲向下扎根，让自己的茎和叶随风舞动，歌颂春天的到来……"

第二颗种子冷冷地打断了它的话："哟，你可真够勇敢的！向上生长你不怕遇到大风大雨吗？向下扎根你不怕有虫子咬你，石头压你吗？也许春天还没到来，你就夭折了呢！"

"不尝试怎么知道结果呢？"第一颗种子反问道。

"真是不见棺材不掉泪，等你尝到现实的苦果时，你就会后悔的！"第二颗种子轻蔑地说。

"我才不怕呢！即便会遭遇困难，我也要感受太阳照耀在脸上的温暖；即便要付出艰辛的汗水，我也要感受露珠浸润花瓣的喜悦。我一定要让有限的生命充满快乐，即使最终花谢、果落、根枯，也要活得充实而无憾！"

"真是天真！我可没那么勇敢。"第二颗种子撇撇嘴说，"我若向下扎根，也许会碰到硬石；我若用力往上钻，可能会伤到我脆弱的茎；我若长出幼芽，难保不会被蜗牛吃掉；我若开花结果，只怕小朋友看到会将我连根拔起……我还是等等再打算吧。要不随便怎么长都可以，反正总归一死。"说完它长叹了一口气，翻了翻身，又接着睡觉了。

一个农夫刚好从这里经过，他听完两颗种子的对话后，点了点头,又摇了摇头。

农夫点头,是因为第一颗种子明白了成长的意义是什么。成长最需要的不正是风吹雨打、虫子咬和石头压吗?经历这些,恰恰是为了更深刻地体会胜利的喜悦呀!

农夫摇头,是因为第二颗种子太脆弱了。如果连一点挫折和困难都无法面对,那它怎么能真正成长呢!

农夫第二次来看时,第一颗种子已经冒出了绿芽;而第二颗种子,却无声无息了。

勇气加油站

第二颗种子的态度是不是很可笑呢?一开始就拒绝接受风雨的洗礼,从而失去了成长的机会;而第一颗种子热爱生命,向往幸福的生活,活出了精彩的自我。

勇敢的人总是不断超越自己,拥抱光明的未来。勇敢的人总是将困难与挫折看作是上天赐予的礼物,在接受礼物的那一刻,他们会留下感恩的泪水。

勇敢的人是自信的,他们从来不会被虚妄的困难打败,他们清醒地认识到自己的实力和潜能。勇敢的人是乐观的,他们的内心时时刻刻都有溪水潺潺,泉水叮咚,他们用信念与坚持唱响了一首生命之歌。

不要被风雪吓倒

戴着放大镜看困难,
它永远是那么"难",
但当我们摘下放大镜,
发现困难也不过尔尔。

一年冬天,下起了大暴雪。狂风呼啸着,像是有无数发疯的怪兽在厮打;漫天飞雪让行人睁不开眼,寸步难行。

好冷啊!孩子们在教室里缩成了一团,拼命地跺脚,大家都没有心思读书。

上课铃声响了,布鲁斯老师走进了教室。他看到这种情景,一改往日的温和,严肃地对学生们说道:"请同学们放好书本,我们到操场上去!"

"啊?"同学们不满地发出惊呼声,"这么冷的天气,如果出去的话,那不是要冻死人吗?"

"同学们,动作快一点,我们要在操场上待五分钟。"布鲁斯老师严厉地说。

虽然大家很不情愿,但是布鲁斯老师不容置疑的语气,让他们不得不遵从。

空旷的操场上,几棵树被狂风吹得东倒西歪。四周白茫茫的,冰雪将操场、菜园和水塘连成了一个整体。

学生们在教室的屋檐下推来搡去,似乎没有人肯迈向操场半步。

布鲁斯老师什么也没说,只是径直跑到操场上站定。他迅速地脱

下羽绒服、毛衣，只剩下一件白衬衣。大风把他的衣角也掀起来了。

"到操场上来，面对我站好。"布鲁斯老师高声对学生们说。

学生们被老师震撼住了，都规规矩矩地跑过来，立正站好。

五分钟后，他们回到了教室。布鲁斯老师看着大家，温和地说："你们现在还感到冷吗？在教室里，我们认为不能战胜风雪。事实上，即使我们再站上半个小时，我们也顶得住。面对困难，许多人退缩了，但真的和困难拼搏一番，你就会发现，困难也不过如此！"

学生们的眼睛闪闪发亮，坚定地点了点头。他们很庆幸，自己没有缩在教室里，因而也学到了人生中重要的一课。

勇气加油站

人生中，难免会遇到许多困难，你是迎难而上，克服重重障碍，还是畏畏缩缩，甘心被内心的胆怯打败呢？

其实，困难并不可怕，可怕的是我们没有勇气去面对。小草之所以能在缝隙中生长，是因为它有百折不挠的精神和顽强的意志力，它知道自己一定能冲破阻拦，寻找到一片属于自己的天空。

在人生道路上，艰难险阻并不可怕，很多时候，我们不是被困难本身吓倒，而是被我们自己吓倒了。人最大的敌人往往是自己，我们首先需要战胜自己啊！

巧媳妇搬石头

你说困难是洪水、是猛兽、是陡崖、是鸿沟？
我猜你正在用一面放大镜看它。

有户人家的菜园里有一块大石头，每次有人进出菜园，都会被那块大石头绊到，不是跌倒就是擦伤。

奇怪的是，没有人去想办法把它搬走，他们都觉得这块石头非常非常重，肯定搬不动。

有一天，儿子在玩耍时又让大石头绊了一跤，他哭着跑去跟爸爸说："爸爸，我们为什么不把那块讨厌的石头挖走呢？我被它绊了好几跤啦！"

爸爸笑着说："你说那块石头？从你爷爷那辈起，它就在那儿啦！它太大了，我也想把它挖走，但不知道要挖到什么时候。你不如走路小心一点，这样还可以锻炼锻炼你的反应能力呢。"

后来,当时的儿子长大了,娶了媳妇,当了爸爸。可是大石头依旧屹立于菜园中。

有一次,媳妇在菜园中摘菜的时候气愤地说:"孩子他爸,菜园那块大石头我越看越不顺眼,改天请人抬走吧!"

孩子的爸爸叹了口气,显出无可奈何的神色:"算了吧!那块大石头很重的,可以搬走的话,在我小时候就搬走了,哪里会让它留到现在啊!"

"总会有办法的吧!"媳妇说。

媳妇在心里暗自琢磨,她也被那块大石头绊倒过几次了。

"哼,我就不相信搬不动它!你们不搬,我搬!"媳妇暗暗地做了一个决定。

一天早晨,媳妇带着锄头和一桶水来到了大石头前。她仔细地将大石头周围的环境观察了一阵,将整桶水都倒在了大石头的四周。十几分钟后,媳妇用锄头将大石头周围的湿泥土锄松了。

"可能要挖一天吧,管它呢,我才不怕!"媳妇早有心理准备。但是,令媳妇没想到的是,才几分钟的工夫,她就把石头给挖起来了。

媳妇看看石头的大小,不禁哑然失笑:"这块石头并没有他们说的那么大那么重呀,他们都是被它看似巨大的外表给骗了!"

勇气加油站

几百年前,人们普遍认为人类是不可能登上月球的,登上九天揽月只是神话故事。几百年后,科学家们研制出宇宙飞船,人类成功地登上了月球。

同样,只要下定决心揭开困难的面纱,你就会惊奇地发现:所谓的"猛兽"不过是一只纸老虎;所谓的"陡崖"不过是一个小土坡;所谓的巨石不过是一块人力可以撼动的普通石头。困难虽然有时穿着一件夸张的外衣,但它却只能吓唬胆小的人。

你的心里有没有一块你以为搬不动的"巨石"呢?你是听之任之,绕道而行,还是放手一搏,放手一试呢?相信你已经有了自己的答案。

废墟中的微笑

微笑是世界上最美丽、最神奇的表情，
它像明媚的阳光普照大地，
给人以信心、力量、智慧和勇气。

  这是一个发生在汶川大地震时的感人故事。

  2008年5月13日，汶川大地震发生20多个小时后，一名叫做高莹的初中女生被人从废墟中救了出来。

  当救援队伍赶到时，等待他们的并不是一张写满绝望和忧伤的脸，在高莹的脸上，是比阳光更耀眼的令人感动的微笑。

  没有痛苦的泪水，更没有撕心裂肺的呐喊，小莹的微笑深深地打动了在场所有的救援人员。

  小莹被埋在废墟中的照片传到网上以后，在网民中引起了极大反响。照片中，小莹的头顶悬着一根输液的管子，她的身体被压在废墟下，只露出一个脑袋，而她清秀的脸上露出的是甜甜的微笑。

这个微笑,被网民们评选为"地震中最美的微笑"。这个微笑,仿佛让世界上的一切灾难都变得微不足道起来;这个微笑,似乎是暴风雨后的阳光,带领着从灾难中走出来的人们冲破黑暗,执着地追寻光明。

小莹的坚强和勇敢令无数人为之动容。

可是,这场大灾难还是在小莹的生命中留下了不可磨灭的印记。小莹获救了,却永远失去了双腿。

然而,小莹总是微笑着对救援人员和医务人员说:"要勇敢,不要哭。"她用一抹微笑传递着自己的勇敢和坚强。

回忆地震发生的瞬间,小莹只是说,她很幸运。当时,教室被震垮了,她的双腿已被石块和课桌挤压得严重变形,两块水泥板交错叠加在她的头顶,但她还能够呼吸,还能听到舅舅大声地呼唤,这些都让小莹觉得自己是幸运的。面对灾难,她没有丝

毫的抱怨。

在医院里接受治疗时,小莹又认识了许多新伙伴,她安慰父母说,以后安上假肢了,还要去跑步。

勇气加油站

一位智者曾说过:"人的一生中只要学习一种简单的表情就可以了,那就是微笑。"微笑是世界上最美丽、最神奇的表情,它像明媚的阳光普照大地,给人以信心、力量、智慧和勇气。它是暴风雨后的彩虹,生命的天空因为历经挫折与磨难而更加澄净清澈。

面对变幻无常的生命,有的人选择消极地逃避;有的人怨天尤人、抱怨生活的不公;有的人积极地反抗、把不顺眼的命运丢在一边,创造属于自己的精彩人生。小莹选择的是用微笑面对苦难,用希望与勇气将苦难化于无形,让生的希望如雄鹰般在激怒的狂风中高飞。

涟漪,是湖水的微笑;霞光,是清晨的微笑;春风,是大地的微笑。小莹的微笑也感染了我们每一个人,那是生命的微笑。她的勇敢让我们的心灵变得更坚强,更无畏。

征服"困难山"

勇气，
是斩断困难羁绊的利斧，
是跨越险谷沟壑的撑杆。

森林里有三只狮子，他们总是为争第一，相互打斗，让小动物们很苦恼。

一天，猴子召集动物们开了一个会议，它大声说："大家都知道，狮子是百兽之王，可目前森林里有三只狮子，而国王又只能有一个，我们应该选谁来做我们的国王呢？"

经过激烈的讨论，动物们终于商量出一个最合适的办法——爬"困难山"，那是森林里最高的山，很少有动物能爬上去。

猴子找到三只狮子，说："尊敬的狮子大人，森林之王只能有一个，我代表森林的子民冒昧地建议你们几位大人，为了森林社会的和平，你们不妨比试一下，一起去攀爬困难山，谁最先到达山顶，谁就做我们的王。"

狮子们考虑了一下，都同意接受挑战，一比高低。于是，他们共同前往困难山，其他动物也兴致勃勃地跟着去看热闹。

第一只狮子先往困难山上爬，可山太陡峭了，他爬到半路就打道回府了。

第二只狮子接着往困难山上爬，可山太高了，他还没到达山顶，就主动放弃了。

第三只狮子最后往困难山上爬，可用尽全力，结果还是失败。

动物群中像炸开了锅，大家议论纷纷："这下怎么办，没有一只狮子成功爬上困难山，谁来做国王呢？"

这时，最聪明、最年长的老鹰开口了，他缓缓地说："我知道谁能成为百兽之王。"

"谁？"动物们异口同声地问。

"第三只狮子。"老鹰回答。

"为什么？"动物们很不理解，"他不是也没登上困难山吗？"

老鹰解释道："他们从困难

山上下来时,我在很近的地方飞,听到了他们对山说的话。""第一只狮子说:'山,我认输了。'第二只狮子说:'山,我赢不了。'第三只狮子说:'山,尽管我现在输给你,但你不会再长,而我还可以再长,总有一天,我会打败你。'"

"由此可见,第三只狮子即使失败了,也不气馁,不放弃。有了这样的态度,再大的困难也会变渺小,它能成为它自己的国王,自然也能当我们的国王。"

听完老鹰的话,动物们热烈地欢呼起来,激动地鼓掌。

就这样,第三只狮子当上了"森林之王"。

勇气加油站

同样是爬山,同样都没有登上困难山的巅峰,三只狮子的心态却截然不同:在困难面前,前两只狮子选择了认输,而第三只狮子却不气馁、不放弃,充满了征服困难的自信和对于明天的希望。他并不拘泥于一时一地的得失成败,而能够用变化发展的态度看问题,他看得到自己成长的空间。有了这样的态度,再大的困难也会变得渺小,再高的山峰也会被踩在脚下。

用爬山的心情来对待困难与挫折吧!你可以一口气爬上峰顶,也可以休息一阵再继续,但千万别在半山腰就选择放弃。山顶的风光究竟是什么样的,还需要你自己去领略。坚韧,是斩断困难羁绊的利斧,是跨越险谷沟壑的撑杆。

小猪乖乖爱摇头

"小猫"被追赶得走投无路，
也会变成"狮子"。

小猪乖乖可爱又听话，森林里所有的动物都很喜欢他。因为他特别喜欢摇头。大家更喜欢叫他"摇头小猪"。

幼儿园里举办联欢会，大象老师请每个小朋友上台，唱一首自己喜欢的歌。轮到小猪乖乖了，他却缩在教室的角落里，羞答答地不肯抬头。

大象老师鼓励道："乖乖，加油，你的歌唱得很好啊，上来为大家表演一首歌吧。"

乖乖把头摇得像拨浪鼓，嘴里不停地说着："我不，不敢，我不要唱歌。"

其他小朋友见了，哄堂大笑。小熊扯着大嗓门儿，起哄说：

"乖乖个头长得挺大,胆子却小得不得了,连歌也不敢唱!"

小猪乖乖不反驳,只是一个劲儿地摇头。

联欢会结束后,小动物们一个个都聚在水沟旁,玩跳水沟的游戏。

又轮到小猪乖乖了,看着宽宽的水沟,他想:水沟这么宽,万一掉进水里,那可怎么办?因此,乖乖站在水沟边,两只脚挪来挪去,就是不敢跳。

"跳呀!跳呀!"伙伴们大喊着,给他鼓劲。

小猪乖乖仍旧摇着头,带着哭腔说:"我不想跳了!"

"摇头小猪胆子小,摇头小猪胆子小……"小熊边喊边打节拍,逗得大家哈哈直笑。

就这样,在伙伴们的嘲笑声中,乖乖灰溜溜地躲进了屋里。他伤心极了,不断地问自己:"我真的是他们说的摇头小猪吗?我一定要改掉摇头的坏毛病。"

正在这时,狡猾的狐狸偷偷溜了进来,一把抓住了乖乖。他洋洋得意地说:"哼哼,小猪,被我抓着了吧!快告诉我钱在哪里?不然,哼哼,我一口吃掉你!"

乖乖吓坏了，一句话也说不出来，只知道摇头。

狐狸气得大叫："好你个小猪，竟敢不听我的话！"说完，他就把手掐向乖乖的脖子。

不知怎的，乖乖突然生出了一股勇气，大声嚷道："大家快来抓狐狸呀！"

狐狸没料到小猪会呼救，吓了一跳，手不自觉地松了一下。乖乖趁机挣脱狐狸，拼命地往门外冲，猛地跳过水沟，叫来了巡警和保安。

狐狸正在房里翻箱倒柜，看到警察来了，他吓得两腿发软，可怜巴巴地求饶："别抓我，别抓我……"

从这以后，大家再也不叫小猪"摇头小猪"了，都亲切地叫他"乖乖"。

勇气加油站

快乐的人生由点头、微笑两个动作来完成。我们不但要对生活中的机会与进步点头微笑，更要学会对困难与挫折点头微笑。只有这样，我们才能将困难踩在脚下，然后迎接新的挑战。

如果你害怕困难，一味地选择退缩、避让，那么，困难就会永远在原地等着你；而如果你能唱一首勇气之歌，那么再大的困难也会靠边站。还犹豫什么，大胆地迈开双腿，跨过挡住你前进之路的那块石头吧！

盲人调琴师

逆境不就是胆量的试金石吗?
在不幸中所表现出来的勇气,
通常会使卑怯的心灵恼怒,
而使高尚的心灵喜悦。

三三是个钢琴调音师,她是个盲人。

当她去琴行应聘时,琴行的老板惊讶得张大了嘴巴,不信任地问道:"盲人能调琴吗?"于是,连一点儿表现的机会都没有得到,三三就被打发走了。

连吃了几次闭门羹,三三沮丧地走在大街上,她忽然想到了一个主意:"虽然我看不见,但能感觉到光,而且我的听觉和触觉比一般人都敏锐,下次应聘时,我何不冒充正常人试一试?"

打定主意后,她走进了一家琴行。经理果然没有发觉三三是盲人,便要求她调琴。很快,三三就娴熟地把琴音调准了。

经理又惊又喜,佩服地说:"小姑娘,看你小小年纪,竟能把

琴音调得这么准，还如此熟练，明天你就来上班吧！"

三三暗自得意：哈哈，没想到略施小计，我就成功了。

经理接着说："你负责售后服务，琴行卖出钢琴后，你上门给顾客调琴。"

对于一个盲人来说，上门做调音师实在是太困难了。三三只好坦白："对不起，其实我是个盲人。"

"盲人？"经理大吃一惊，拿手在三三眼前晃了晃，见她没反应，这才相信她没撒谎。经理说："听说盲人能调音，没想到你调得这么好，今天算是长见识了。"经理说完这句话，缓了一缓，又说，"你的本事我看到了，但你得上门服务，没人带着你，你能找到顾客家吗？再说，要是你在路上被车撞了怎么办，我岂不是还得负责任？"

三三说:"的确,在视觉上,我们盲人是弱者,但在听觉和触觉上,我们可是强者。您相信我,给我一个月时间,让我试一试,我相信我一定能摸清楚这个城市的大街小巷。一个月后,您再决定要不要我,怎么样?"

见她这么执着,经理感动了,他说:"我非常乐意把这份工作交给你,剩下的就看你的了,希望你能做好。"

一个月之后,三三克服了无数困难,摸清了全市的大街小巷。最后,她终于得到了这份来之不易的工作。

勇气加油站

虽然三三的眼睛看不见,可是她的心十分透亮。她扮成正常人,凭借高超的调音技巧赢得了经理的信任;她花了一个月的时间,克服了重重困难,终于得到了这份工作。

冬天在怯懦者眼中是严寒与煎熬,但在勇敢者的眼中却是雪花与美丽。你的困难逆境有多少,你的坚强勇气就有多少。一个人内心蕴含的坚强勇气,不但能在危机降临时自动出现,而且能推动困难的巨石,使你继续前进。

顺境之中,我们要懂得坚定自己的步伐;身处逆境之时,我们也要学会知难而进,越挫越勇。只有坚定地昂首前进,才能够看到光明与希望,也才能够变逆境为顺境,在成功的道路上收获自己的幸福!

过 桥

把崎岖小路当成康庄大道，
把陡峭山崖看成宽广平原，
把疾风骤雨当成风和日丽，
需要你有强大的内心。

峭壁下有一条山涧，湍急的流水打在岩石上，激起了很高的水花，吼声震耳欲聋。

一条铁索桥连接了山涧的两岸，也就是说，要想过岸，只能用双手抓住铁链，一步步地攀爬过去。

四个游客想到山涧那边去。他们中间有一个是盲人，有一个是聋人，另外两个是正常人。

他们排好队，盲人站在最前面，聋人跟在后面，两个正常人排在最后，一个接一个地依次攀铁索桥过去。

盲人安全抵达了，聋人也安全抵达了，一个正常人也安全抵达了，可轮到最后一个正常人时，他却在铁索中间两腿发软，不敢前进，然后不小心就掉进了河里。

后来，有人听说了这件事，很不解地问："那个人怎么会掉下去呢？难道说正常人还不如盲人和聋人？可这也不对呀，他前面的那个正常人不是安全地过了河吗？"

于是，带着疑问，他询问了过了河的三位游客。

"我也不知道怎么回事儿。"盲人说，"我的眼睛看不见任何东西，也不知道流水长什么样儿，我只不过紧紧抓住铁链，像平常一样走路而已。"

"我也不知道怎么回事儿。"聋人说，"我的耳朵听不见任何声音，不知道水流怎样咆哮，我只不过不往下看，于是就过去了。"

"我更不知道怎么回事儿。"过了河的正常人说，"虽然我能看见悬崖峭壁、湍急的流水，也能听到水流的咆哮声，但这些与我有什么关系？我只专

心过我的河,注意脚踩稳、手抓牢,便平安地过去了。"

听完三个人的回答,询问者释然一笑,说:"我明白是怎么回事了,那个掉进河里的正常人,正是因为他注意听河水的咆哮声,注意看急速的流水,才被吓破胆,失足掉下去的。"

勇气加油站

你发现了吗?安全过了桥的人都有一个共同点:他们都像平时一样走路,并没有受到山涧的影响。而掉下水的人,因为心里填满了恐惧感,早已失去了平常心,因而失足跌了下去。

在恐怖的笼罩之下,人们会失去胆量,放弃对生活的希望,而甘愿做一个失败者,这不是很可悲吗?

有时,人生也和过桥一样,不是因为自身实力太弱而失败的,而是由于被周围的环境、声势吓破了胆。我们何不向那三位成功过桥的人学习呢,对恐惧不闻不问,专注于事情本身,像平时一样,这样就能把握人生了。

火车下的小橡树

只有勇敢地接受事实,
才能让梦想之光映照在现实的土地上,
投射出美丽的影子。

火车在穿过一片橡树林时,铁轨上粘上了一些橡树籽。在经过一片草丛时,一粒橡树籽无意中掉落下来了。

小草们欢呼雀跃,热烈地欢迎这位从远方来的朋友,但冷静之后,大家都劝它回去:"橡树籽,虽然我们很希望你能留在这里,但是这里的环境不适合你生长,你还是回去比较好。"

　　可橡树籽已经打定了主意，它固执地说："不，我就要在这里生根发芽，和你们永远在一起。"

　　几天后，橡树籽说到做到，果然萌发出小嫩芽。和小草们混在一起，小嫩芽一点也不突出。

　　每个月，火车都要从草丛经过一次。像其他小草那样，小嫩芽也不得不弯下腰，让火车从头顶上飞过。

　　没过多久，小嫩芽长高了很多，慢慢地成了一棵小橡树。每次看它，小草们都得仰起头来。

　　小橡树也发现自己长高了，它得意地炫耀说："你们认为我长得高，可跟我爸爸比起来，我实在太矮了，它有10多米高呢！"

　　每次都能引起小草们的惊叹声，小橡树别

提有多得意了。不过,它也有烦恼的时候。当火车驶来时,小草们轻轻地弯一下腰,低一下头,火车就过去了;而它呢,由于个头太高,腰杆太直,每次都要受一点伤。

终于有一天,火车呼啸而过,小橡树没来得及弯下腰,就被拦腰撞断了。

勇气加油站

小橡树想要长成一棵像爸爸一样高大的大橡树,这本来是件好事。可是它不听小草们的劝告,坚持要在铁轨间生长,最后被疾驰而过的火车撞断了。

我们也是如此,应该勇于接受残酷的事实,重新选择适合我们成长的环境。如果我们不能选择改变环境,那我们可以选择改变自己。有人说过:"乐于接受必然发生的情况,接受所发生的事实,是克服随之而来的任何不幸的第一步。"

遇到一些不可改变的事实时,不必为之难过,也无需做无谓的反抗,因为你还有更好的选择。

完美的宝刀

勇气能赋予人一种神奇的魔力，
使人能抵挡住困难的进攻。

国王得到了一把宝刀，他十分高兴地拿给群臣观赏。大臣们对这把宝刀交口称赞。

突然，一个不和谐的声音冒了出来："尊敬的国王，我认为这把宝刀有个缺陷，并不能称作完美。"

大家齐刷刷地看过去，原来是最耿直的大臣阿凡达的声音。国王听后并不生气，他微微一笑，问道："那你说说，它有什么缺陷？"

阿凡达直截了当地说："这把刀太短，如果刀身能再加长一点儿，那就完美无缺了。"

不说不觉得，一说还真是这样。大臣们再仔细地瞧了瞧宝刀，发现刀身确实有点短。

国王没有说话,他转头问站在一旁的太子:"太子,你的意见呢?你认为这把刀怎么样?"

太子托起宝刀,仔细地审视了一番,然后回答:"我认为这是一把举世无双的宝刀,而且价值连城!"

国王有些惊讶,反问道:"你不认为它有缺陷?"

"完美无瑕,没有任何缺陷!"太子肯定地说。

国王不拐弯抹角了,直接地问道:"刚才阿凡达说刀身太短,大家也这么认为,难道你没听见?"

"我当然听见了,父王。"太子恭敬地说,"不过我的看法不同。"

他"哗"地抽出随身佩戴的宝剑,说:"自古宝刀配英雄,但英雄不嫌刀短,因为刀身所缺,勇气可补。"

说着,太子放下自己的宝剑,拿起宝刀往前一刺:"只要向前多迈出一步,刀就足够长。"

一个人的力量是有限的,但是他可以凭借其他的因素来弥补自己的不足,比如说智慧、爱心和勇气。不要低估了自己,你的勇气可以弥补你的不足,可以让你变得更加强大。

人们时常抱怨自己的潜能不能得到发挥,没有机会施展才华。这是因为他们不知道要如何去施展才华和挖掘潜力罢了。其实,只要向前迈出一步,大胆地去行动就可以了。思想是一把削铁如泥的宝刀,而行动才是施展这把宝刀的力量之源。

刀身所缺,勇气可补。让自己行动起来吧!朝着目标大胆地前进,你才是能驾驭宝刀、勇闯难关的英雄!

忘记台词的演员

即使是勇敢的人遇到害怕的事情时,
也承认自己会害怕,
但他们更会选择,
放手一搏。

墨利斯原本是个出色的艺人。有一天,他在台上突然一句台词也想不起来了。

他不得不离开了心爱的舞台,接受医生的治疗。

他很沮丧地说:"医生,我已经被击垮了!我不知道该怎么办才好!"

医生详细诊断后,宽慰道:"不必太担心,你只不过是

神经受损,只要进行一段时间的休养调态,就能恢复如初了。"

一段时间后,医生再次给墨利斯检查,发现他恢复得很好,便高兴地说:"恭喜你,你可以再次登台表演了。"

可是墨利斯已经完全丧失了信心,只剩下担心和害怕。他想吃一颗定心丸,便说:"我一想到表演就害怕,担心到时候又将台词忘光,你能保证我的脑袋不会变成空白吗?"

"不能,谁也不能保证。"医生毫不迟疑地说,"你必须自信点,如果你害怕失败,害怕登台,那一开始你就完了。可你不能因为害怕就不去做,那只是逃避的

借口。勇敢的人遇到害怕的事情时，会承认自己害怕，更会放手一搏。"

说到这里，医生注视着墨利斯的眼睛，开玩笑地说："你曾经表演过许多次了，经验丰富，我想你该不会怯场吧？"

在医生的鼓励下，墨利斯终于鼓起勇气，复出登台了。他表现得很好，掌声如潮水般汹涌。

从舞台上下来，墨利斯掩饰不住心中的喜悦，对医生说："谢谢你，医生，你的办法真管用。上台的时候，我仍然感到害怕，但是我承认了，并且不去管它，所以我能专心进行表演。"

勇气加油站

勇敢的秘诀是什么？勇敢就是诚实、坦白地承认你对失败的感觉，然后置之不理，借助积极的信念，继续做你想要做的事，继续拥抱幸福的感觉。

告诉你一个让恐惧感消失的秘诀：在纸上写下所有你害怕的事项，越详细越好。然后一件件去挑战，并对自己说："我很害怕，但我能克服它。"

有了迎头痛击的决心，再让信心渗透进你的每一个意识中，你就一定会挑战成功，成为一个勇敢的人。

清贫的园艺师

缺少勇气的人,改变命运要比他人的机会更少;
缺少智慧的人,改变命运要比他人的困难更多;
一个既没有勇气又没有智慧的人,
怎么有资格抱怨自己的命运呢?

企业家来到了花卉市场,准备选购一批花卉来装饰自己的新店。他看中了一些品种很名贵的花卉。

园艺师一边细心地给花卉打包,一边羡慕地说:"先生,您就像一只大鹏,事业蓬勃发展;而我就像一只蚂蚁,一点出息也没有。要是哪一天,我能成为像你这样的大企业家,挣大钱,那该有多好呀!"

企业家谦虚地说:"过奖过奖,其实成功并不难啊!"

"是吗?"园艺师问,"那我怎么一直没成功呢?"

企业家微微一笑,和气地说:"我工厂附近有一片大大的空地,我看你很擅长园艺,我们可以合作,我提供场地,你负责种树。"

园艺师有些心动,停下手中的活儿,认真地问:"你说的是真的?"

"当然,"企业家说,"我们就种树,树苗多少钱一棵?"

"10元。"园艺师马上回答。

企业家点点头,在心中默算一阵,然后说:"空地要留出一些地方做道路,我刚算了一下,除去道路后,至少能种2万棵树,那买树苗得花费20万元。"

园艺师提醒道:"费用不止这些,树苗生长还需要肥料呢!"

"好,把肥料费也算进来,10万元够了吧?"企业家说。

园艺师粗略地估算了一下,说:"够了够了,还用不了那么多。"

"你算算,5年后,一棵树能卖多少钱?"企业家问。

"按照现在的行情,大概是100元。"园艺师回答。

企业家果断地说:"那就这样吧,我负责出场地以及30万元的树苗费和肥料费,你负责培养树苗,浇水、除草、施肥的事就交给你。"

"没问题,就这么办!"园艺师爽快地同意了,"不过,这个利润怎么分?"

"2万棵树能卖200万元,除掉30万元的成本,我们纯赚170万元,到时我们五五分账,一人分85万元。"企业家说。

"5年赚85万元?"园艺师倒吸了一口气,惊慌失措地说,"这生意太大了,我不敢做,我看还是算了吧!"

勇气加油站

生活中,有的人能够获得成功,有的人却一辈子碌碌无为,他们之间的差距在哪里呢?差距就在于:胆识。是胆识造就了成功!

一位哲人说得好:"你的胆识就是你真正的主人,胆识的大小决定了你事业的大小。"园艺师只能守着微薄的工资过日子,并不是因为他缺乏致富的机遇,而是机遇送上门来了,他也没有足够的勇气去抓住它。

如果你做事总是畏首畏尾、疑虑重重,连尝试的勇气都没有,那么,成功一定会离你越来越远!

王子复仇记

勇气产生在斗争中，
是在与邪恶势力的顽强抵抗中成长的。

有一个古老的王国，人们本来过着安定的生活，但国王的弟弟想自己当国王，就用黑魔法的力量囚禁了老国王，并到处追杀王子。

王子逃到了一个森林里。一天，他正在寻食，忽然听到了救命声。他寻声跑过去，看见一只白狼在追赶一个孩子。

王子冲过去，把孩子挡在身后，和白狼展

开了激烈的搏斗。白狼打不过他，被压在了一块石头下面。

王子举起宝剑，正准备刺向白狼，白狼竟然说话了："我是狼群的首领，只要你肯饶我一命，我可以答应你的任何条件。"

王子不假思索地说："我目前最大的梦想就是打败叔叔，把父王救出来。你能帮我吗？"

"不是我不帮你，而是这个梦想无法实现，你还是说点别的吧！"白狼说。

"现在我只想复仇，拯救整个王国，别的什么也不想要。"王子坚定地说。

白狼叹了一口气，松口说："既然这样，你就不要后悔。"

王子欣喜地问："你的意思是有机会？"

"你叔叔用黑魔法控制着整个国家，只有你的血才能破解魔法。如果你愿意，你将失去性命；如果你放弃，人民将继续受苦。你怎么选择？"

王子犹豫了，但一想到自己是国家将来的主人，有责任保护国家，又怎能为了自己活命，而让人民受折磨呢？

于是，他举起宝剑，闭上眼睛，毫不犹豫地往自己脖子上一抹。

奇怪的是，就在他闭眼的瞬间，宝剑被一股力量拉住，"哐当"一声掉在了地上。王子奇怪地睁开眼睛，发现白狼身上散发出耀眼的光芒，眨眼间白狼变成了一位闪着金光的战士。

战士威严地说："我是传说中的战神。你敢于和凶猛的狼搏斗，说明你力气很大。你能挑战死亡，为了国家甘愿牺牲自己的生命，说明你是一名真正的勇士。现在，你可以去做你想做的事情了！"

王子后来打败了邪恶的叔叔，救出了老国王。黑魔法被破除了，人们重新过上了快乐的生活。

一个人敢于和凶恶的狼搏斗，只能说明他力气大；而一个人敢于挑战死亡，将生死置之度外，才是真正的勇敢。可是为什么王子会有这么大的勇气呢，是因为他将人民的幸福、人民的安危放在了首位；为了人民，他愿意牺牲自己的生命。

古罗马著名的哲学家西塞罗曾说过："我们不是为自己而生，我们的国家赋予我们应尽的责任。"也许这就是王子复仇的勇气之源吧！因为背负着对国家的责任，胸怀着对人民的爱，王子才成为一名真正的让人钦佩的勇士。

扑向手榴弹

受到美德的感召，
胆小的人也会变得勇敢起来。

有一个胆小的男孩，什么都怕，什么事也不敢做，因此常常遭到同伴们的嘲弄。为此，他苦恼不已，做梦都想成为一个勇敢的人。

为了锻炼他的胆量，父母让他参军了。可是在军校里，男孩还和以前一样胆小，教官看不起他，战友们嘲笑他，甚至故意捉弄他，看他出洋相。

一天，教官突然拿出一枚手榴弹，然后向新兵们掷去。每个新兵都大惊失色，吓得连滚带爬地四处逃窜。

"回来！"教官气冲冲地大吼一声。

大家回头一看，那枚手榴弹好端端地躺在那里，根本没有爆炸。

教官脸一沉，生气地说："这枚手榴弹，并不会真的爆炸，我

刚才只不过想测试一下,看你们是否勇敢、镇定。结果证明,你们的反应都很快,逃跑的速度也很快,但没有人能再勇敢一点!"

事情很凑巧,那天男孩感冒了,躺在宿舍里休息,所以没有参加"特殊测试"。

第二天,当男孩出现在操场上时,教官故技重施,并事先暗示新兵们不要声张,再次扔出了手榴弹。

大家很配合教官,假装往四处跑去,其实个个都在偷笑,等着看这个胆小鬼的笑话,说不定他会吓得尿裤子呢!

同新兵们一样,男孩也以为手榴弹会爆炸。他愣了两秒,脸上写满了恐惧。可是就在下一秒,他居然奋不顾身地扑了上去,用自己瘦弱的身体死死地压住手榴弹,并大喊一声:"快闪开!"

所有的人都震住了,用异样的眼神看着他。

过了好久,男孩终于明白过来,手榴弹是假的。他满脸通红,慢慢地从地上爬起来,羞愧地低下头,等待战友们的奚落。可四周静寂无声,一点声音也没有。

教官问:"你为什么不逃跑,而是扑在手榴弹上,难道你不知道危险?"

男孩小声地回答:"我知道危险,我也很害怕,可我想救我的

战友们。"

热烈的掌声响了起来,里面包含了每个人的崇敬与感激。男孩第一次受到这样隆重的礼遇,激动地流下了喜悦的眼泪。

在那一刻,小男孩一定明白了一个道理:忘掉自己,你才能变得勇敢;关爱他人,你才能赢得尊重。

勇敢是一种习惯,你要学会养成勇敢的习惯,随时把勇气带在身边。但你也要清楚:爬围墙、与家长对抗并不是真正的勇敢。在善良等美德的感召下,维护弱者、伸张正义才是勇敢的表现。为了拯救其他人的性命,不惜牺牲自己才是真正的勇敢。

小男孩并不是一个真正胆小的人,因为在他看到手榴弹的那一刻,他没有逃走,而是奋不顾身地扑在了手榴弹上,这就是最好的证明。

走过独木桥

> 有一句话叫"境由心生"。
> 很多时候,人的痛苦与快乐,
> 并不是完全由客观环境的优劣决定的。

有几位学生向心理学家请教:"心态真的能给人带来影响吗?"心理学家没有回答,而是微微一笑,带着他们来到一间黑漆漆的房间。

在心理学家的指引下,学生们轻松地穿过房间,从这头走到了那头。接着,心理学家打开了一盏昏暗的灯。

灯光不太明亮,等学生们勉强看清楚房间的布置后,他们不禁倒吸了一口凉气。

原来刚刚走过的是一座独木桥,而房间的"地面"不过是一个大大的水池。最恐怖的是,水池里蠕动着各种毒蛇,它们高高地昂起头,"吱吱"地吐着鲜红的信子。

心理学家问:"现在,你们还敢从独木桥上走过去吗?"学生们面面相觑,都是一脸的惊恐,身体也不由自主地颤抖起来,就是不做声。

"一个都没有?"心理学家继续问,"刚才你们不是安全地走过来了吗?"

过了好一会儿,终于有三个学生战战兢兢地走出来,站在了窄窄的独木桥上。

第一个学生小心翼翼地挪动脚步,速度简直比蜗牛还慢;第二个学生如履薄冰,后来干脆趴在独木桥上,缓缓地爬了过去;第三个学生哆哆嗦嗦地踩上桥,可没走多远,他就挺不住了,站在桥上进退两难。

旁边的学生为他捏了一把冷汗,却不知怎么帮助他。这时,心理学家又将其他几盏灯打开,房间顿时明亮得如同白天。

学生们揉揉眼睛,再睁大眼睛仔细看,这才发现独木桥下面有一道安全网,只是网的颜色比较暗,灯光昏暗时看不出来。

第三个学生见有安全网,松了一口气,

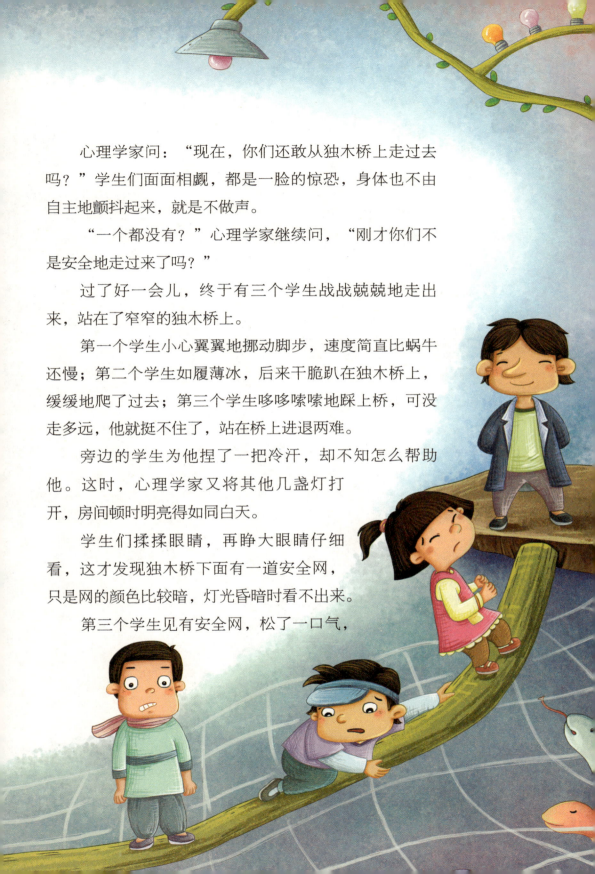

然后快速从独木桥上走了过去。

心理学家回头问剩下的学生:"还有谁愿意通过独木桥?"

学生们你看看我,我看看你,仍然没有做声。

"一个也没有?"心理学家问,"你们为什么不愿意?"

一个学生心有余悸地问:"这网的质量过关吗?毒蛇不会突然冲破安全网,跳起来咬人吧?"

心理学家笑着说:"我知道你们为什么不愿意了。当伸手不见五指时,你们很轻松地就走了过来,这说明独木桥并不难走。可当灯光亮起来时,你们看到了桥下的毒蛇,就慌了手脚,胆小得不敢再走回去。你们说,心态能给人造成影响吗?"

勇气加油站

这是一个意味深长的故事。在不知情的情况下,每个人都能顺利过桥,而当他们了解到桥下是一个爬满毒蛇的水池之后,就不由得害怕起来。消极的暗示控制了他们的思想,牵绊了他们的脚步。当他们看到桥下有一张安全网后,才又变得轻松起来,快速从独木桥上走了过去。

可见,平常心是人类所有心态中最重要的一种。平常心是积极主动、尽力而为、顺其自然,又不苛求事事完美;平常心是既不高估自己、也不贬低自己;平常心是从容淡定,而又充满自信。平常心是我们处理好事情的重要保证。

一朵小花蕾

只有经历过暴风雨的洗礼,
花朵才会开得更加娇艳,天空才会更加澄净,
山峰才会更加青翠,泉水才会更加甘甜。

在一片青翠的绿叶中,一朵小花蕾亭亭玉立,含苞待放。忽然,一阵狂风吹来,把她吹得东摇西晃。

花蕾姐姐鼓励道:"小花蕾,你要勇敢地挺住哟!"

话刚说完,更猛烈的风又吹了过来。小花蕾摇摇欲坠,她忍不住落泪了,哭着喊道:"花蕾姐姐,我快凋零了!"

"胡说,"花蕾姐姐打断她,"小花蕾,你还没开出最美丽的花呢,怎么能现在就凋零呢?"

小花蕾哽咽道:"我也不想呀,可风这么大,把我吹得快散架了,还开什么花。"

花蕾姐姐迎着狂风,大声喊:"小花蕾,我们的生命只有一

次,你一定要开出最美的花,不然这辈子多遗憾啊!"

生命只有一次,这句话敲打着小花蕾的心,她马上停止了哭泣,挺直腰杆,昂首挺胸,像花蕾姐姐那样迎风挺立。

终于,狂风渐渐减弱,最后完全消失了。小花蕾冲花蕾姐姐一笑,疲惫地说:"总算撑过去了!"

花蕾姐姐继续勉励道:"你很勇敢,不过后面还有更大的磨难,你要做好心理准备。"

小花蕾坚定地说:"花蕾姐姐你放心,为了开出美丽的花,我无论如何也会撑下去的!"

夏季,暴雨时常来袭,豆大的雨滴像小石头似的,狠狠地砸在小花蕾身上,打得她生疼。可她咬紧牙关,岿然挺立,与疼痛抗争着,不让自己凋零在暴雨里。她抹干眼泪,不时地舞动身姿,抖落身上的雨滴，一次又一次……

不知经历了多少场风雨，一天，小花蕾从沉睡中醒来，当她看到灿烂的阳光时，不由自主地笑了起来。

花蕾姐姐也醒来了，她突然惊呼道："小花蕾，你好美呀！"

小花蕾诧异地低下头，不知什么时候，她已经盛开了一朵美丽的花儿。在阳光下，她轻轻地舞动裙裾，是那么的明艳美丽。

勇气加油站

每个人都怀着和小花蕾一样美好的心情，希望在短暂的生命中开出最娇艳的花儿——为了自己，也为了这个绚烂夺目的世界。可是，有多少人坚持到了鲜花怒放的那一天呢？

谁没有经历过狂风暴雨，谁又能说不是挫折和磨难让他们的"花朵"开得更加明丽结实呢？在暴风雨的洗礼后，花朵才会开得更加娇艳，天空才会更加澄净，山峰才会更加青翠，泉水才会更加甘甜。

生命只有一次，我们只有屹立于风雪中，开出最美的花儿，人生才不会有遗憾。

不要再打他

勇气是人的第一美德，
如果没有勇气做后盾，
正义又怎么能得到施展呢？

哈罗学校有一个身材高大的"小霸王"，经常欺负小个子学生。

这天，小霸王拦在一个学生面前，颐指气使地说："去，帮我把桌子收拾一下，再把垃圾扔掉。"

这个学生刚转来学校，还不知道这里的"规矩"，便说："你的事情，为什么要我做，我才不去。"

小霸王头一次遭到拒绝，气呼呼地一把揪住新生的衣领，挥手就是一拳，嘴里还骂骂咧咧："臭小子，你竟敢不听我的话，今天我就好好教训教训你，让你以后学聪明点。"

拳头像雨点般砸在新生身上，他疼得龇牙咧嘴，但始终咬紧牙关，不肯求饶。

"看不出你嘴巴还挺硬的啊！"小霸王恼羞成怒，劈头盖脸地接着打，"我今天就好好开导开导你。"

周围陆陆续续有人经过，一见小霸王凶神恶煞的样子，大家不是冷眼相看，就是嬉笑起哄，没有一个人肯出来帮忙。

突然，一个响亮的声音传来："不要再打了，你到底要打到什么时候才肯罢休？"

小霸王停住手，好奇地抬起头，原来是一个文弱的男生，看样子也是个"初来乍到"的新生。

"你知道我是谁吗？竟然也敢来管我的闲事，你是不是也想像他这样，被我调教调教？"小霸王恶狠狠地说。

瘦弱的新生尽管泪眼汪汪，但他扔指着地上被打得鼻青脸肿的新生，毫不畏惧地说："如果

你真的想'开导'他,那剩下的一半拳头,由我来承受吧!"

说着,他深吸一口气,闭上眼睛,等待拳头的袭击。

听到这样的回答,小霸王非常诧异,没想到他外表瘦弱,内心却如此勇敢。不知不觉中,小霸王羞愧地红了脸,扔下这两个新生跑开了。

拳头一直没有落下来,瘦弱的新生奇怪地睁开眼睛,发现小霸王已经不见了。他连忙扶起被打的新生,朝教室走去。

经过这件事情,这两个新生成了生死之交,而被欺负的学生们,都把他俩当做榜样,开始反抗小霸王,学校里再也没有以大欺小的事情发生了。

勇气加油站

  校园小霸王把自己装扮得很强大,其实仅是只"纸老虎"。而为了救助别人在关键时刻挺身而出的人,才是真正的强者。勇气是具有传染性的。当勇敢者挺身而出的时候,其他人的脊梁通常也会挺直起来。

  人不可貌相,海水不可斗量。故事中的小男孩虽然很瘦弱,却比其他冷眼旁观的人更有勇气,他的勇气能使原先小看他的人羞愧得脸红。

  大胆点!如果你不想自己当懦夫,就不要向恶势力低头!

理想的高度

远大的志向好比是一对坚硬有力的翅膀，
帮助我们飞向人生之巅；
而追求理想的胆量，
是我们展翅飞翔的力量之源。

从前，世界上只有一种鸟。鸟妈妈在树上搭了一个窝，孵育出了三只小鸟。三只小鸟一起长大，一起练习飞行，一起飞出窝巢。

有一天，鸟妈妈对他们说："孩子们，你们已经长大了，可以去建自己的家了。"

"去哪里建呢？"三只小鸟异口同声地问。

"这得问你们自己，你们想建在哪里就建在哪里。"鸟妈妈慈爱地说，"不过，我希望你们能建在最高的地方。"

带着妈妈的祝福，三只小鸟振翅翱翔，不久，它们飞到了一座小山上。

一只小鸟落在一棵树上，高兴地说："这儿真高，比我们原来

的家高多了。你们看,鸡鸭牛羊全羡慕地仰头膜拜我,我真喜欢这个地方。"

"我觉得这里不够高,我还想去更高的地方。"另外两只小鸟说。

"你们太不知足了,这么高还嫌矮,要去你们自己去,我留在这里非常满足了。"第一只小鸟固执地说。

两只小鸟摇了摇头,失望地说:"既然这样,那你就留在这里吧,我们走了。"

说完,他们张开翅膀,向更高的地方飞去,不久便飞到了斑斓的云彩里。

一只小鸟见到美丽的云彩,陶醉得忍不住高歌一曲,然后开心地说:"这儿真好,能飞到高高的云端,多么了不起呀!你看,一切全在我眼皮底下,我真喜欢这个地方。"

"我觉得这里不够高,肯定还有更高的地方。"另一只小鸟说。

"你太不知足了,云端还不够高吗?要去你自己去,能在这里生活,我十分满意。"前一只小鸟说。

这只小鸟摇了摇头,难过地说:"既然这样,那你就留在这里吧,我走了。"

说完,他伸展双翅,向着太阳,独自去寻找更高的地方。

后来,第一只落在树上的小鸟成了麻雀,第二只留在云端的小鸟成了大雁,第三只飞向太阳的小鸟成了雄鹰。

一个人所拥有的理想,在一定意义上决定了你未来所能达到的人生高度。理想抱负不够远大的人,好比井底的青蛙,只满足于看见井口大的天空,蜗居于井中的一方天地;而那些长着坚硬有力的翅膀的雄鹰,总是梦想飞向世界的最高处。

追求梦想的勇气能赐予我们力量,让我们不畏惧艰险,与风雨搏击,并勇往直前,跨越巅峰。

心有多大,未来就有多大;心有多高,理想就有多高。

用微笑埋葬痛苦

> 永远不要对生活失去希望。
> 尽管在未来的岁月里,还会有许多风雨,
> 但在心灵的花蕾上,永远要闪烁着信念之光。

战争终于结束了,伊丽莎白十分高兴,因为唯一的儿子就要回来了。

"好几年不见,他是不是长高了,长壮了呢?"她开心地幻想着。

可是,盼星星盼月亮,她没有盼来儿子,只收到了一份电报:"亲爱的女士,很遗憾地告诉您,您的儿子在战场上牺牲了。"

面对这个残酷的事实,伊丽莎白痛不欲生,她哭喊道:"这是我最爱的儿子,是我唯一的亲人,是我的命啊!没

有他，我活着还有什么意义啊？"

痛苦之后，她作出了一个决定：离开这个伤心地。

在清理行装的时候，她发现了一封信，那是儿子上战场前写的，上面写着：

"亲爱的妈妈，您放心，我永远也不会忘记您的谆谆教诲：不论遭遇什么艰难险阻，或是无法想象的灾难，都应该勇敢地生活下去，像个真正的男子汉那样，用微笑埋葬痛苦。无论在什么时候，什么地方，我永远也不会忘记您的笑容，它将激励我过好每一天。"

读完这封信，伊丽莎白的眼泪夺眶而出。

恍惚间，她似乎看到儿子站在眼前，用责备的语气对她说："妈妈，我一直照您的教导来做，您怎么不像我那样，用微笑来面对不幸和痛苦呢？"

伊丽莎白一遍又一遍地读着这封信，抽噎道："儿子，妈妈要向你学习，不管多么痛苦，都会用微笑来埋葬痛苦，继续顽强地活下去。知道吗？妈妈会比你更勇敢，因为生比死更需要勇气！"

于是，心灰意冷的她重新振作起来，打消了远离家乡的念头。

后来，她结合自己的经历和心路历程，写出了很多作品，其中最有名的一本叫《用微笑埋葬痛苦》。

雨果曾说过："生活就是面对现实微笑，就是越过障碍注视将来。"你看那不幸生在沙漠中的仙人掌，在恶劣的环境中仍能顽强地生长；你看那陡壁上的劲松，尽管身体被狂风吹得左右摆动，但它的根却如磐石般坚硬；你看那最伟大的音乐家——贝多芬，面对失聪，他依然可以吼道：生活如此美好，活他一千辈子吧！"

困难是生活中的常事，如果你能鼓起抗争的勇气，用微笑来面对生活，困难就能迎刃而解了。

汤姆的错觉

思维定势就像蚕茧，
困在茧里的蚕，
怎么会看到蚕茧以外的世界呢？

汤姆很喜欢冒险，一天，他和几个朋友相约，一起驾船去一座不知名的孤岛。

可不幸的是，在离孤岛不远的地方，他们的船撞在了暗礁上。船很快就沉没了，食物和淡水也都沉到了海里。没办法，他们只好跳进海里，游到孤岛上。

到了岛上，他们才发现情况更糟：岛上满目疮痍，地上满是岩石，被火辣辣的太阳烤得发烫。最糟糕的是，岛上没有淡水。

烈日炎炎，每个人的嘴唇都开裂了，嗓子也渴得快冒烟了。大家眼巴巴地看着孤岛四周的海水，谁也不敢喝，因为他们明白，海水非常咸，谁要是喝了海水，只会死得更快。

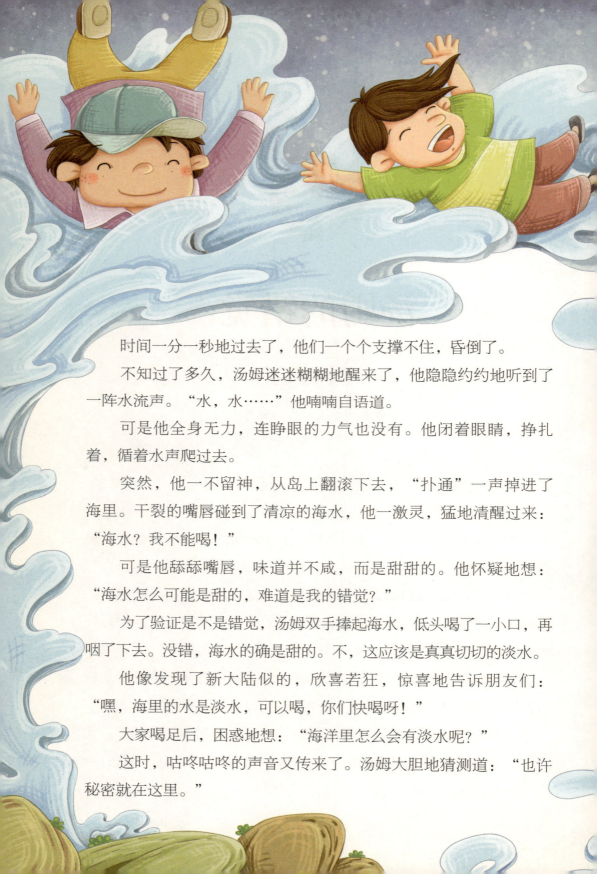

时间一分一秒地过去了，他们一个个支撑不住，昏倒了。

不知过了多久，汤姆迷迷糊糊地醒来了，他隐隐约约地听到了一阵水流声。"水，水……"他喃喃自语道。

可是他全身无力，连睁眼的力气也没有。他闭着眼睛，挣扎着，循着水声爬过去。

突然，他一不留神，从岛上翻滚下去，"扑通"一声掉进了海里。干裂的嘴唇碰到了清凉的海水，他一激灵，猛地清醒过来："海水？我不能喝！"

可是他舔舔嘴唇，味道并不咸，而是甜甜的。他怀疑地想："海水怎么可能是甜的，难道是我的错觉？"

为了验证是不是错觉，汤姆双手捧起海水，低头喝了一小口，再咽了下去。没错，海水的确是甜的。不，这应该是真真切切的淡水。

他像发现了新大陆似的，欣喜若狂，惊喜地告诉朋友们："嘿，海里的水是淡水，可以喝，你们快喝呀！"

大家喝足后，困惑地想："海洋里怎么会有淡水呢？"

这时，咕咚咕咚的声音又传来了。汤姆大胆地猜测道："也许秘密就在这里。"

他们顺着水声一路找去，结果找到了一块巨石，巨石旁有一个大洞，洞口正汩汩地往外冒着水。

汤姆又捧起水尝了尝，润润的甘甜。他笑着说："这里冒出来的是地下水，所以我们一开始就错了，孤岛四周不是海水，而是淡水！"

勇气加油站

  人的思想是很容易被经验束缚住的。经验可以让人少走弯路，但有的时候，经验又是人类思想进步的一块绊脚石。

  勇敢的航海家哥伦布曾经向朋友提出过这么一个问题："你能把一个鸡蛋竖起来吗？"没有人知道答案。大家想：鸡蛋是圆溜溜的，怎么可能竖着放呢？于是，哥伦布拿起一个鸡蛋，他把鸡蛋的一头在桌上轻轻一敲，敲破了一点儿壳，鸡蛋就能稳稳地直立在桌子上了。这就是哥伦布竖鸡蛋的故事，也是一个勇于突破经验束缚的故事。哥伦布试图用这个例子，向那些怀疑他探索新航道活动的人说明，敢于尝试的勇气是多么的重要！

  在被一件事围困得焦头烂额时，你有打破常规的勇气吗？试一试吧，你会发现更多的精彩！

甜瓜在哪儿

遇到困难时，不妨先缓和一下。
在缓和之中，一定要科学正确地观察四周。
有时，在用脑的时候，一定也要用上眼睛。
眼睛是心灵的窗户啊！

太阳快下山了，小猴在回家的路上捡到了一个又香又大的甜瓜。刚准备吃时，不知从哪儿钻出来一只瘦狐狸，他一见甜瓜，馋得口水都流下来了，便亲切地问道："小猴，这甜瓜你是在哪儿找到的呀？"

小猴往路边一指说："就在路……"还没等小猴说完，瘦狐狸赶快抢着说："是在路边找到的吧！"

"是的！"

"啊！小猴，这瓜我早看见了，你可不能吃呀！谁先看见该谁吃。"

"你瞎说，明明是我先找着的啊。"

"是我先看见的,就该我吃。"

小猴和瘦狐狸吵起来了。吵得正热闹时,走来了一只胖狗熊,小猴忙让它过来评评理。

胖狗熊一听有甜瓜,赶紧瞪大眼睛,一瞧,嘿,可真是个又大又香的甜瓜呀!胖狗熊也嘴馋了,连忙说道:"哦,我说你们都别吵了,这个甜瓜嘛,我早就看见了,你们都让开,让开,该我吃!"

坏了,狗熊也要抢甜瓜吃!小猴急中生智:"等一等,咱们都别吵了,现在天都快黑了,我看,先把甜瓜藏起来,等明天一早,咱们再来找,谁先找着谁就吃。你们说好不好?"

胖狗熊和瘦狐狸都答应了。于是他们把甜瓜放在地上，扫了一些树叶把甜瓜盖好。

胖狗熊心想：我得认好地方，明天一早就来找。他抬头看看，这时候太阳在西边山头那儿，都快下山了，便小声对自己说："我记住了，甜瓜就藏在太阳光的前边。"

瘦狐狸也想：我得认好地方，明天一早好来找。他抬头一看，看见天上有片云彩，就小声对自己说，"我记住了，甜瓜就藏在云彩底下的树叶堆里。"

小猴呢，他也想：我得认好地方，明天一早就来找。他抬头朝四面看看，小声对自己说："这儿有八棵松树，排成一排，在松树的当中，有一堆树叶，甜瓜就藏在树叶里。"

第二天一早，胖狗熊最先走来了，他记住甜瓜是放在太阳光前边的那个树叶堆里，于是就往太阳光照着的地方去找。它低着头，找呀找呀，累得脖子又酸又疼，呼哧呼哧直喘气，还是没找到。

瘦狐狸跟着也去了，他记着甜瓜就藏在一片云彩下面的树叶堆里！于是就朝有云彩的地方跑。跑啊跑啊，累得它两眼直冒金花，也没找到甜瓜。

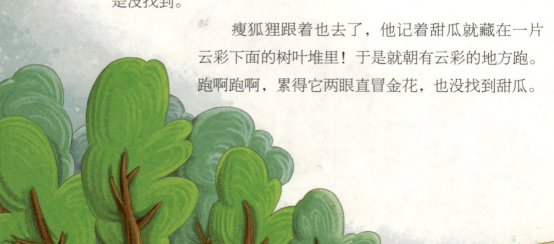

小猴最后才去。他记得藏甜瓜的地方有八棵松树，松树当中有一堆树叶。他到那里一找，没费多大工夫，就找到了昨天那个又大又香的甜瓜！

勇气加油站

在人们的意识里，猴子是聪明机灵的代表，不管遇到什么困难和危险，它们都能迎难而上，一一克服、化解。在这个故事里，这只小猴也不例外。它幸运地捡到了一个又大又香的甜瓜，但不幸地遇到了贪婪狡猾的狐狸和胖狗熊。勇敢的小猴才不会屈服于狐狸和狗熊的淫威，它要捍卫自己发现的果实，决不白白拱手让给它们。

机灵的小猴想出了一个好对策，第二天谁先找着就归谁。愚蠢的狐狸和狗熊去得早，花的时间多，却没有找到。为什么呢？原因是它们在记甜瓜藏的地方时都没有遵循客观规律，早上的太阳光、云彩和傍晚的太阳光、云彩怎么会在一个地方呢？它们是运动着的，变化着的，只有小猴观察的四面特征是暂时不会变的，一天之中，它都是客观存在的，所以小猴轻而易举地就找到了甜瓜。

真是一只既聪明又勇敢的小猴呀！

图书在版编目（CIP）数据

我有勇气高飞/彭桂兰主编.—北京：化学工业出版社，2017.6
（成长我最棒）
ISBN 978-7-122-29373-2

Ⅰ.①我… Ⅱ.①彭… Ⅲ.①儿童故事-作品集-世界 Ⅳ.①I18

中国版本图书馆CIP数据核字（2017）第065430号

责任编辑：张　琼　　　　　　　　　　　文字编辑：李　曦
责任校对：吴　静　　　　　　　　　　　装帧设计：尹琳琳

出版发行：化学工业出版社（北京市东城区青年湖南街13号　邮政编码100011）
印　　装：北京缤索印刷有限公司
710mm×1000mm　1/16　印张11　2017年6月北京第1版第1次印刷

购书咨询：010-64518888（传真：010-64519686）　售后服务：010-64518899
网　　址：http://www.cip.com.cn
凡购买本书，如有缺损质量问题，本社销售中心负责调换。

定　　价：29.80元　　　　　　　　　　　　　　　　　版权所有　违者必究